コマンタレブーの道

Akiko
Ono

小野明子

文芸社

目次

祖母の味

私の母方の祖母は、昭和六十三年に八十八歳でこの世を去った。目のくりくりしたかわいい人で、小柄だがやせ型ではなく、足腰もしっかりしていた。その長女にあたるのが私の母である。

祖母の家は小田原駅の近くにある。私の家は、私が四歳のとき、地元を離れ東京へ出た。だから、小学校三、四年頃までは五月の小田原のお祭りや夏休みには泊まりがけで遊びに行った。私の母の末の妹にあたる人は、私と四歳違いで、叔母というより姉のような存在で、よき遊び相手になってくれていた。私は小田原の祖母の家に出かけるのが大好きだった。

お祭りの日には、祖母は決まって、赤い寒天寄せを作って待っていてくれた。それは寒天に食紅を入れて赤くしたものを、天板に流して固め、羊羹のように切ったものである。テーブルに着くと、すぐにほかの叔母たちから、

「アッコの好きな赤い寒天だよ」

と勧められた。さっぱりした甘さと、寒天もほどよい硬さで美味しかった。私が寒天好きになった原点である。

祖母の思い出というと食べ物が多い。

こんにゃくを三角に切って厚さを半分にする。それをだしと醤油で煮て味をしっかり染み込ませる。少しさまして、ぬくもりがある間に割りばしにさしてくれる。食事ではないときに食べるので、これがまた美味しい。

当時、祖母の家は大家族で、一度に炊くお米の量は一升ほどだった。それをかまどでまきを使って炊いた。炊けたご飯をお鉢に取るのだが、必ずおこげができる。少し白いご飯の部分を残したおこげに、削り立てのかつお節と醤油を入れたおにぎりを祖母が作ってくれる。食事前にいただくおにぎりの味は絶品である。おこげの多い場合は夕食まであるが、このおにぎりはほとんど私と四歳上の叔母の独占であった。今考えれば贅沢な一品である。そのとき使ったかつお節を削ったのは、私か叔母だったはずである。

かりんとう作りもおもしろかった。うどん作りの機械が祖母の家にはあった。その機械を利用して、小麦粉を耳たぶぐらいの柔らかさにねったら、上の皿の部分に入れてハンドルを回す。すると、平らに引き伸ばされた生地が出てくる。それに少し小麦粉をふって、包丁で短冊に切る。包丁の先で真ん中に切れ目を入れて、その切れ目に半分生地を通す。こんにゃくを煮るときによく作る形である。切れ端など短冊にならない部分は好きな形に作っていいと言われて、叔母と二人で切れ端をいくつかまとめて、動物の形にしたり、ドーナツ型にしたりした。生地には砂糖が入っていて、ほんのり甘味がついていた。それを油でカリッときつね色に揚げる。自分で作ったものを食べるのはとくに楽しみだった。

大家族なので、大鍋で作るカレーも美味しかった。ルーは小麦粉とカレー粉で作っていた。色が鮮やかな黄色だった。

子どもだったので、美味しかったゆえに失敗したことがある。

「おかわりしてね」

という言葉で、つい皿を出してしまった。そのため仕事から遅く帰ってきた叔父のおかわりの分がなかったのである。あのとき、私がおかわりしなければよかったのだと、子ども心に反省した。

小学校四年生のとき、私の母が病気で入院し、祖母が東京の私の家に手伝いに来てくれた。そのとき教えてくれたのが、あったかいご飯に一切れのバターをのせて醤油をかけて食べる方法である。超簡単なのだが、すごく美味しかったのにはびっくりした覚えがある。そのときは、祖母がハイカラに見えた。

祖母は初孫の私に思い出の味をたくさん残してくれた。作ってくれたものは決して贅沢なものではなかったが、何年、いや何十年たっても美味しかったことを思い出す。今思うとそれは、祖母がいっしょに作る喜びも味わわせてくれたからだと思うのである。

おでんにはのり巻き

おでんのとき、ご飯は茶飯より、のり巻きが食べたくなる。それも、かんぴょうののり巻きである。

私が小学校一年生か二年生の十二月。時刻は午後八時頃だったろうか。もう半世紀以上も前のことである。

同級生のＩ君のお母さんと母と私の三人で、芝居を観に行った帰りだった。Ｉ君のお母さんという人は、芝居好きで、とくに歌舞伎を観るときは二階席を取り、「成駒屋！」などと掛け声をかける。タイミングが難しくて、誰でもできることではないと聞いている。たまたま、父の勤めている国鉄から、家族観劇券が三人分支給され、母がお誘いしたのだと思う。内容は覚えていないが、歌舞伎役者が出ていたのかもしれない。場所は歌舞伎座ではなかったと思う。

だが、そんなことはどうでもいい。私には帰り道に期待するものがあった。ちょっと遅くなるが、帰りは寿司屋でお寿司を食べて帰ることを母が約束してくれていたからである。

私は大好きなお寿司を専門店で食べられると上機嫌だった。

最寄り駅で降りて、身も心も一路、寿司屋へ向かっていた。

ところが、Ｉ君のお母さんが途中で、「おでん」と書いてある大きな赤ちょうちんを見つけた。

「ちょっと入ってみましょうか」

と言われ、母もそれに同意する。さっきまでの私の期待と夢は突然奪われてしまった。

子どもながらに腹を立てていた。

　そのお店はカウンターだけの小さな店で、祖母のような、ちょっと年配の女性がひとりで切り盛りしていた。ほかに客はいなかった。

　おでんはいろいろ注文できたが、ご飯物はのり巻きとおいなりさんだけ。それも、のり巻きはかんぴょう巻きのみで、作り置きはせず、注文を受けてから巻くのである。のりの香りとパリパリ感が最高の状態で食べることができたはずだった。

　しかし、私の心は、美味しいにぎり寿司を食べそこなったという思いが強く、母が注文してくれる以外は、自分から何も言わなかった。大人たちは、満足そうに、その店を出た。

「明子ちゃん、あれだけで足りたの」

「もっと食べればよかったのに」

「遠慮してたのではないの」

と、I君のお母さんと母がたて続けに言った。本当は、にぎり寿司が食べたかったと言えず、ひたすら私は沈黙を守っていた。

　後から考えれば、おでんは温かく、のり巻きも作りたてなので美味しかったはずである。だが、私は素直な心ではなかったので、味がしなかった。

母の話では、私は子どもの頃は、頑固で気むずかしい子であったらしい。たとえば、ちょっとでもマクラの位置が曲がったりしていると、理由も言わずに、寝ないでしくしく泣いていたそうだ。寝るときは着がえた物は、きちんとたたんで枕元に置いていた。年とともに、そんな性格はすっかり影をひそめてしまい、家族で一番ルーズな人間になっている。

あのとき、私は口数も少なく、下を向いていることが多く、暗い顔をしていた。祖母のような女主人は、理由はわからないが、この子は自分の店に喜んで来てはいないということがわかったに違いない。

私は自分のした態度に申し訳なかったという気持ちと、本当はもっとお腹いっぱい食べればよかったという思いだろうか、おでんのときは、とくにかんぴょう巻きが食べたくなるのである。

選んだ道1　偉すぎるよ

私の母は五歳のとき、実父を亡くした。家庭の事情から母は、尋常高等小学校への進学を希望したが諦めた。それから長女として、家計を助けるためにレストランに住み込みで働いた。その母の持論は、「これからの女性はひとりで食べていけるような職業を持つべきだ。そのためなら大学に行きなさい」だった。

私は小さい頃から、その言葉を聞いていたので、女性が仕事を持つということに抵抗はなかった。中学三年の頃には、「中学校の社会科の先生になりたい」という夢を持つようになっていた。

大学四年の夏になると教師になるための受験をしていった。中学校の教師は地方公務員なので、各都道府県ごとの試験を受けなければならない。今はほとんど同じ日に実施されるようだが、昭和四十五年度の受験日はバラバラだった。

最初に受けたのは静岡県だった。試験慣れのために挑戦した。東京からでは日帰りが無理なので、友人と二人で旅館を取った。私には父が同行し、友人には母親が付き添った。

彼女は国語科、私は社会科が志望であった。

その後、私は千葉県、埼玉県、横浜市の順に受験した。どこの会場でも社会科の受験者数が多かった。社会科の教員免許は、教育学部以外でも文学部史学科、社会学部、法学部、経済学部等で取得できる。資格を持つ人が他教科に比べて多いのである。千葉県の受験会場で見かけた顔ぶれに埼玉県の会場でも会う。私はそれを『ゲルマン民族の大移動』と名付けていた。

静岡県は地元の大学出身者が有利だといわれていたが、私の場合は成績が悪くて落ちたのだと思う。千葉県、埼玉県、横浜市は不合格にはならなかったが、完全なる合格でもなかった。『小学校臨時教員』としての合格だったのだ。東京都は中学校社会科の教員募集はなく、高校の社会科を受けたが、不合格だった。

自宅が東京の北区にあったので、通勤の関係で一番近い埼玉県を選んで、採用されるのを待つことにした。

受験が一通り終わり、採用されるのを待っていたときのことである。私達は第一次ベビーブーム世代、通称団塊の世代といわれる。一クラスの人数は五十名から六十名。九クラスもあった。高校受験は都立高校で平均倍率三倍を超えていた。どこに行っても人が多い。

ちょっと弱気になって、教師になれるのか不安になったことがある。それで、父に、

「わが家には、教育関係者の知り合いはいないの」

と聞いてみた。ほかの受験生から、ある県の教員採用試験の答案用紙に、県の教育関係者の知り合いの名前を書く欄があったと聞いたからである。

父はしばらく考えていた。そして、思い出したように、

「そうだ、今の文部大臣が祖母方の親戚だ」

と言った。私も母もすごいと思ったのは一瞬で、三人とも、

「あまりにも偉すぎて、中学校の一教員の採用に関わるわけがないね」

という結論で、笑い話で終わってしまった。

なるべく人を頼らず、自分の道は自分で切り開くというわが家の方針を、一瞬忘れたときであった。

教員試験は合格しても、その年度に採用がなければ翌年にまた受験して、合格しなければならない。来年は、労働基準監督官の試験も受けてみようと思った。

今年はとにかく、埼玉県からの具体的な勤務校の通知をひたすら待つしかなかった。

選んだ道2　三つの幸運

年が明けても、小学校の臨時教員に合格していた埼玉県からは何の連絡もなかった。

そんな不安定な状況の中、ある日私は、大学の学務課の掲示板を見に行った。確かな目的があったわけではない。でも「掲示板を見てきなよ」という声なき声に誘われたのだ。

大学へ行って、掲示板を見て驚いた。

「えっ！　本当なの」

そこには予想をはるかに超えたものがあった。なんと、『東京都中学校、社会科教員募集』のポスターが張り出されていたのだ。締め切りは一週間以内に迫っていた。私はすぐその足で、都庁に行き、受験要項をもらって出願した。

社会科は男の先生が多く、結婚してやめる人が少ない教科である。急に退職者が増えたか、管理職になった人が多く出て、新卒を募集しなければならなくなったのであろう。急な募集に気が付かない人も多かったのではないか。夏の試験のときのような〝ゲルマン民族の大移動〟はなかった。

採用のテンポも早かった。一次試験に合格すると、一週間後には面接試験の呼び出しがあった。面接会場は都庁だった。

面接官は二人、受験者は一人だったか、複数だったかはっきり記憶がない。

事前に質問事項に対する答えを書かされ、その中に『尊敬する人』という欄があった。私は迷わず、両親と書道の先生の名を書いた。

高齢の面接官から、

「なぜ書道の先生の名を書いたのか。その理由は何かね」

と聞かれた。私は緊張しながらも、自信を持って、

「結婚後、子育てをしながら、大学で勉強し、今では大学教授としてがんばっている女性だからです」

と答えた。すると、その面接官は名前をあげて尋ねた。（えっ、何で知っているの？）その名前は、私が書いた書道の先生だった。

「そうです」

と答えると、面接官は笑顔を浮かべながら、ちょっと自慢げに、

「実は、私は彼女の大学の教授をしていて、彼女に進路指導をしたのだよ」

　と言われた。その面接官は、私の書道の先生の恩師だったのである。偶然とはいえ、私はびっくりした。面接官も気を良くしたようで、緊張感が少し解け、和《なご》やかな雰囲気になった。最後は、

「伊豆七島のような島でも赴任する気はあるかね」

　と聞かれ、

「もちろん行きます。ぜひ、教師になりたいので、よろしくお願いします」

　と決意を伝え、無事面接は終わった。

　結果は合格だった。その合格通知の一週間後に、区の方から採用の呼び出しがあり、A中学校への面接に出かけた。

　そんなとき、ようやく埼玉県からも赴任先の小学校が書かれた通知書が届いた。埼玉県には申し訳ないが、お断りの手紙を書いた。そのときはもう三月になっていた。

　A中学校に着任して、知ったことだが、東京都の中学校の社会科の募集は五年間もなかった。A中学校に同期で入った社会科の先生の中には、五年間学校の事務をしながら募集があるのを待っていた新任教師がいたのだ。

こうして、私の中学校の社会科の先生になりたいという夢が実現した。不思議な力が導いてくれた三カ月だった。学務課の掲示板を見に行かせた力。法学部の仲間には、教師をめざす者はいなかったので、みんな無関心である。あの日、あの時、掲示板を見なければ、埼玉の小学校の先生になっていた。

さらに、面接で、尊敬する書道の先生の恩師が担当面接官だったという幸運に恵まれた。これは決してマイナスにはならないと思った。そして、自分の卒業年度に五年ぶりに東京都の社会科の教員採用試験が実施されたということ。

三つの幸運が重なった。お陰で教師になるというスタートラインに立つことができた。

コマンタレブーの誕生

東京都の中学校の教員試験に合格し、初めて勤務するA中学校では、私のような新人教師を含めて七名が新たに着任した。昭和四十六年四月のことである。

私の一年目は、二学年の副担任として出発した。新卒教師には指導教官が付く。私の指導教官は社会科のO先生。五十歳前後のベテランの先生で、社会科のことをよくご存じの生き字引のような人だった。たとえば、皇居にある門の名前や位置をすらすら書いてしまう。地図を描くのもうまかった。授業は一年間の間に何度も見せてもらった。一時間の授業の中に起承転結があり、とても楽しい。毎回あっという間に終わってしまった。生徒から信頼されるためにも、授業が楽しいということが大切な要素だとO先生から学んだ。

また、O先生は机の上や机の中の整理整頓が素晴らしかった。先生のかたづけの極意は、使った物は元の場所に返すこと、そうすれば、いつでもきちんとしているというのだ。なるほどと思ったが、実行はなかなか難しい。

そんなきちんとしたO先生が、コーヒーのスプーンのかわりに、鉛筆で掻き回したのにはびっくりした。家に帰って、まっ先に母に報告をした。さらにほかの先生から、職員室内の木の机の引き出しの取っ手は、ビールの栓抜きになることを教えてもらった。今考えると、そんなことで驚いている私は、ベテランの先生方からするとおかしく見えていたかもしれない。

私の社会科の授業といえば、

「先生！　声が小さくて聞こえません」

「黒板の下まで字を書かれると、後ろの席からは見えません」

生徒はどんどん要求してきた。私もO先生の授業を見せてもらい、初めから先生のようにうまくいくわけがないことを悟った。生徒たちには、

「私は何でもわかるわけではない。わからないときはわからないと言うので協力してほしい」

「若いので、悪いところは直していくから」

と宣言した。

授業を良くするために、時には社会科の時間をつぶして、生徒たちと授業のあり方、やり方について話し合った。信頼してもらえたかどうかは自信がないが、次第に生徒たちは私を温かく見守ってくれるようになったような気がする。

その結果、二年の男子生徒が付けたあだ名が、〝コマンタレブー〟だった。フランス語で、「お元気ですか」という意味だそうだ。しかし、私には、生徒たちが本当に言いたいことがすぐわかった。それは「ブー」である。今もそうであるが、当時も私は太っていた。信頼関係がなければ、あだ名は時には汚い言葉になる。私の場合だったら、「デブ」とか

「ブタ」だとか付けられただろう。「コマンタレブー」でさえ、面と向かってはあまり言われなかった。直接言われるときも決して悪い状況ではなく、話をしている中で、出てきたような気がする。多くは、チャイムが鳴って私が教室に向かうと、「コマンタレブーが来たぞ」と、教室の方から聞こえてきた。

私には「コマンタレブー」は、よい響きに聞こえた。洒落たあだ名を付けたものだと感心した。そんな生徒たちをむしろかわいいと思った。初めて付いたあだ名は六年後に担任した三年H組の文集の中にも登場するぐらい生徒間に浸透していった。その後、テレビのコマーシャルでもそのフランス語が使われ、画面から「コマンタレブー」と言われる度に、どきりとした覚えがある。

翌年は、私が担任を希望したため、生徒たちは三年生に、私は一年の学年へと別れることになった。生徒たちに、「来年はぜひクラスを持ちたい」と言っていたので、

「先生、担任になれてよかったね」

と、男子生徒だけでなく、女子生徒からも言われた。所属していた教師が自分たちの学年より下の学年に代わると、馬鹿にする場合もあるが、生徒たちは私が担任になれたことをいっしょになって喜んでくれた。心根の優しい生徒たちであった。

後年、A中学校を転勤してからは、生徒から、「コマンタレブー」と呼ばれることはなかった。しかし、私の教員生活三十余年の中で付けられたあだ名として、「コマンタレブー」は、最高傑作、ナンバーワンに輝くのである。

長崎の思い出

私は友人と東京駅から夜行列車で別府温泉に向かった。九州旅行の始まりだ。友人とは中学の同級生で、お互い就職して学校関係の仕事についたので、夏休みを利用して、毎年一週間くらいの旅行を楽しんだ。昭和四十年代後半、二十代半ばの頃である。

下関から門司《もじ》に入る所では、絶対車窓から外を見ようとがんばったが、外は真っ暗で、何も見えなかった。別府温泉で一泊。次に阿蘇へ行った。翌日は出発が早いので朝食ぬきでタクシーを頼んだ。ところが二人とも、寝坊をしてしまって、慌ただしい出発になってしまった。

さらに南下して、友人の知り合いのお宅へ一泊。鹿児島県の川内だった。この字がセンダイと読むのを初めて、そのとき知った。

その川内で、私たちは路線バスに乗った。友人が運転手さんに、

「この辺で、ラーメンの美味しいお店があると聞いたのですが……」

と、尋ねると、

「あるよ。女性だけでやっているお店があるから行ってみなさい」

と、突然、バスを止めてくれた。

「この道を真っすぐ行けばわかるから」

と、言われたのにはびっくりした。まさか、バス停でもない所で止めてくれるとは予想もしていなかった。乗客が少数だったとはいえ、都会では信じられない親切だった。私たちは運転手さんにお礼を言い、慌ててバスを降りた。

しばらく歩いて行くと、たしかにラーメン店があった。予想より大きなお店で、カウンターとテーブル席があった。言われたとおり、店の人は、みんな女性だった。ラーメンを注文するときに、ちょっとびっくりした。ラーメンにたくあんとライスがついていたからだ。そのライスも大・中・小と三種類。私たちは小ライスを注文した。ラーメンをおかずに、ライスを食べた。美味しかった。

川内から指宿《いぶすき》へ行った。どこから乗ったタクシーか覚えていないが、指宿へ向かって走っていたとき、すごい雨の中だったことが記憶に残っている。

今度は北上して、島原へ。島原へ行く途中は、ＳＬ列車で、黒煙をはきながらの旅だった。トンネルでは窓をしめるのがたいへんだった。

ここで思わぬことが起こった。なんと私の目にゴミが入ってしまって、取れなくなってしまったのである。

島原駅に着くなり、眼科医院を探した。駅の近くに、歴史のありそうな木造の病院が見つかった。私の白目に鉄の小さな破片がささっていたとのことだった。どうもＳＬの黒煙の中の煤《すす》が原因らしい。私は生まれて初めて眼帯をした。

最後が長崎だった。グラバー邸を見るより、長崎チャンポンを食べたい気持ちの方が強い年頃だった。もちろん原爆資料館も見る予定になっていた。

グラバー邸やオランダ坂を見学した後、タクシーで移動した。そのときのタクシーの運転手さんの一言が強く心に響いた。それは、こんな会話から始まった。

「お客さん、どちらから来たのかね」

「東京からです」

「もう原爆資料館は見たかね。僕たちは二度と見たくないけど、本土から来た人には、ぜひ見てほしい」

「はい、これから行く予定です」

その言葉を聞いた運転手さんは、もう何も言わなかった。そのときは、この会話を深く考えなかった。しかし、資料館を見学しているうちに、その運転手さんの「僕たちは二度と見たくないけど、本土の人には、ぜひ見てほしい」という、意味がよくわかった。

運転手さんは当然、長崎の人だったのだろう。運転手さん自身、あるいは身内の人も被爆されていたのかもしれない。

被爆した衣服や日用品、絵がそえられた詩を読んでいるだけで涙が出てきた。何も体験していない私でも熱いものがこみ上げてくる。実際に体験している人には、見たくない気持ちの方が強いだろうと思った。だから、知らない本土の人には、その惨状を知ってほしいという願いだったのだろう。

今、思い出して書いているのだが、絶対に食べたと思う長崎チャンポンのことは何も覚えていない。

七十年以上たっても、まだ原爆症に認定されず、裁判で争っている被災者がいるという事実を聞いて悲しくなる。なぜ、もっと早く、政府は救援の手をさしのべてあげないのかと……。

この旅のあと、私は中学校の社会科教師として、生徒たちに、長崎のタクシーの運転手さんの言葉と、その意味を語り継ぐことにした。そして、資料館で買った、写真集や詩集を使って、原爆の話をした。

運転手さんの顔も年齢も覚えていない。ただ、あの言葉だけは、しっかりと今でも覚えている。決して、強い言い方、大きい声ではなかったが、私には重い言葉だった。

プロの仕事

家が東京から横浜に引っ越したので、転勤を願い出たが、なぜかだめであった。そのため、横浜から区内の職場まで通うことになり、東京駅を経由しての遠距離通勤になった。

五月の母の誕生日にプレゼントをしようと、東京駅の大丸デパートでエプロンを買った。

それから東京駅始発の東海道線に乗り込む前に新聞を手に入れ、黒の花模様のついた小銭入れを、革の大きめのバッグのサイドポケットに入れながら、ドア近くの二人用の座席に向かった。

大きめのバッグは棚の上に、大事なプレゼントが入っている大丸の紙袋は手に持ってすわった。電車が発車する頃には、座席は満席になり、立っている人もいた。私の前にも男性が立っていた。その男性の足がすわっている私のひざにぶつかってくる。それがいやで、奥深く、腰掛けてしまった。

そのうち、程よい電車のゆれで寝てしまったのである。

「次の停車駅は○○です」

という車内放送で目が覚めた。

上の棚を見て、血の気が下がった。バッグがない。近くに立っている人にバッグを見かけなかったか聞いたが誰も知らなかった。

バッグには職場用の銀行通帳や車検用のお金なども入っていた。とりあえず、いつも降りている駅で、ホームの事務室へ届け出ようと考えた。降りる駅までは距離があるのだが、その日は恐ろしく長く感じた。

駅員さんの話では、一時間前にも同じようなことがあったというので、犯人は東京と横浜間で仕事をしている置き引きだとわかった。被害届に何がなくなったのか書くのだが、頭の中が真っ白になっているので書き込めない。用紙だけもらって、帰ることにした。

階段を上がってトイレに寄って、ゴミ箱を見たが小銭入れはなかった。よく考えると、一円もお金を持っていないことに気が付いた。家に電話もかけられないのだ。私は、もう一度、ホームの事務室に行って、駅員さんから電話代十円か二十円を借りて、事務室を出た。

何の気なしに一番奥の京浜東北線のホームを見た。午後の八時を過ぎていたのでホームだけが明るく、まわりは暗かった。とくに、ベンチのあたりが明るく浮かんで見えた。ベンチにすわっている人もいれば、立っている人もいた。ベンチの端に、自分のものに似たバッグが置かれていた。（もしや……！）と思い、急いで階段をかけ上がって、奥のホームにかけ降りた。（私のバッグだ！）

一呼吸おいて、側に立っている男性に、

「このバッグ、あなたのですか」

と聞くと、首をふって立ち去ってしまった。すわっている人にも聞いたが、違うと言う。

ベンチに置かれた状態で恐る恐るバッグを開いてみた。いつもおにぎり二つを入れてもらう布に包まれた弁当箱が出てきた。通帳も車検用の封筒も出てきて、その中には現金も入っていた。いじくりまわされた様子はなかった。ただ、側面に入れたはずの黒の小銭入れは見つからなかった。

何ということだ。諦めていたものが戻ってきた。すぐにそのバッグを持って、先ほどの事務室へ行った。電話代もお返しできた。今の今まで、生徒の成績が書かれた手帳までなくしてしまって、気持ちはどん底だった。

でも、紛失したのは小銭入れだけだと思うと、嬉しさを通り越して、犯人に『感謝の気持ち』すら生まれてきた。きっと〝プロ〟だったんだと思った。プロは現金以外には手をつけないと聞いたことがある。

犯人はまず、東京駅で黒の小銭入れをバッグの側面に入れたのを見ていた人。これは間違いない。疑わしいのは、車中で私のひざに足をつけてきて、奥深くすわらせ、棚を見づらくさせた男。もう一人、駅でバッグを見はるように立っていた背広姿の男。三人が同一人物か仲間かはわからない。

家に帰って棚の上のバッグが盗まれたことの一部始終を、父や母に話をするのには時間がかかった。大事な母への誕生日プレゼントは、気持ちよく渡すことができた。

翌日、職場の人達への説明もたいへんだった。みんなバッグが戻ってきたことにびっくりしていた。

生徒に対しては、

「社会科の授業の内容を変えてもいいかな。昨日、たいへんなことがあったので、その話をしたいのだけど」

と聞くと、生徒は、

「いいよ、いいよ。先生、話してみてよ」

何でも社会科の授業になる。目が覚めて、バッグがなくなったとわかって血の気が引いたこと。プレゼントの品が大事だと思って、貴重品のいっぱい入ったバッグを自分の身から離してしまったこと。プロは、東京、横浜間を行き来して、獲物をいつでもねらっていること。自分の反省を含めて、詳細に生徒に話をした。

この授業、一年間で一番、静かで、生徒の集中力は最高だったことは言うまでもない。

そして、授業の最後に、一度は全てを失ったが、小銭入れと数千円を盗まれただけで、他のものは全部返ってきたことに感謝していると、言ってしまった。まさに地獄から天国に這い上がる気分だったのだ。犯人に感謝なんて、教師としては失格だとはわかっているが、私の正直な気持ちだった。

　罪を憎んで、人を憎まずを実感した。

咳払い

　仕事が終わり、蒲田駅から最寄り駅までの京浜東北線に乗った。最寄り駅の二つ手前の駅付近に来ると、窓の外はもうすっかり暗くなっていた。

　ふと気が付くと、私の反対側の座席には乗客が誰もすわっていなかった。駅に着くと、近くのドアからひとり男性客が乗ってきた。彼はなぜか混んでいる私の側の座席にすわった。それが不思議だった。

　私ならば、誰もいない反対側の座席にゆったりすわるのにと思った。男はすぐに新聞を左右に大きく広げて読む姿勢を取った。外が暗いので反対側の窓ガラスが鏡のようになっていて、私の側の端から端までが見えた。私は男に疑問を持った。普通、電車の中で新聞を読む場合は、なるべく小さく畳んで、隣の人に迷惑をかけないようにする。男はどちらかというとブルーカラーのような格好をしていた。

しばらくすると後ろの車両からコートを着た背広姿の男が私の車両に入ってきた。私の前を通りすぎて、私の座席の一番端にある柱のそばの乗車口に向かって立った。

端の座席には金ぶちメガネに、革のハーフコートを着た中年の男性が眠っていた。コートの前はあけていた。一杯飲んで東京から乗っていたのか、気持ちよさそうに眠っていた。

正面を見ていると、窓ガラスの鏡から、男二人の不思議な行動が目に入ってきた。立っている男が、寝ている男性の近くの柱に右手でつかまり、左手で、自分のコートの端を持って、広げ出したのである。

(あれ、もしかしたら二人組のスリではないか)と思った。どうしたらいいのか。普段、生徒に正しい行動をしろと言っている自分に何ができるのか。婦人警察官だったら、反対側の真正面の空席にすわって、二人の行動を見ていてあげるのに。手を出した瞬間に、現行犯逮捕である。しかし、私は一教師、何の力もない。でも何もしないのも、自分の良心が許さない。しかたなく、あやしい態度が見られたときに、大きな咳払いをすることにした。立っている男がコートを広げ、すわっている男が新聞を広げて、眠っている男性をかくす。私は正面を向いたまま、大きな咳払いをした。男たちも広げたものを閉じる。二、三回くり返した。私は早く最寄り駅に着いてほしいと願った。一駅が恐ろしく長く感じた。ホームに着くと自分のことが心配になった。駅の階段は長い。当時はエスカレーターもなく、後ろを気にしながら、足早に、階段を降りた。後ろからちょっと押されて、

「女教師、階段から転落死！」

なんて、なったらどうしよう、スリ未遂があったなんて、誰も知らない。私が勝手に足をすべらせたことになる。

本当は眠っていた男性を起こしたかったが、それより一刻も早くその場を離れたかった。もしかしたら、未遂ではなかったかもしれないが。二人組のスリもプロに違いない。殺人までしようとは考えないはずだ。私の余計な心配だったと思っている。

あの時、私以外の乗客は、誰も気がつかなかったのか。いや、気が付かないふりをしていたのではないかと思う。私の大きな咳払いが普通でないと気が付くはずである。

それにしても、恐かった。しかし、自分の小さな勇気には満足である。

ただし、正直言うと、今の私なら、たぶん二人の男の行動を見たとたん、何もしないで立ち去り、車両を変えていると思う。あの時は、私も三十代で若く、生徒を裏切ってはならないという〝純〟な気持ちが勝って、小さな勇気がでたのである。

特徴のない男

あの日、私は最寄り駅から横須賀線に乗り横浜駅で京浜東北線に乗り換えようとしていた。朝のラッシュアワーの時間帯である。

ホームに上がるため階段を昇っていた。その時、右側からキラッと光が目に入った。その方向を見ると背広姿の若い男が胸のポケットから定期入れサイズの鏡を出したところだった。その男の前を見ると超短いスカート丈の制服を着た女子生徒が、カバンで後ろをかくしながら階段を昇っていた。男は鏡をスカートの中を見るような位置にかざして昇っていた。私はその男の「のぞきの行為」にびっくりしているうちに、ホームに着いてしまった。

防ぐことはできなかったが、せめて、その男の特徴を覚えておこうと、少し離れた所から、じろじろながめていた。だが、難しかった。

普通なのである。髪の毛は茶髪でもなく、ごく普通の長さの二十代の髪型。スーツは少し緑色の上下。カバンは黒革。靴も黒革のひも靴だった。どれもごく普通のサラリーマン風である。

すぐ、電車がホームに入ってきた。私はその男の一つ先のドアから入った。中学校の教師だった私は、一校時から授業がなければ尾行したかったが、諦めた。男は私より先に電車を降りた。その男の特徴を覚えておこうと努力したが、自信はなかった。

すると、一週間後、その男を横浜駅の同じホームで見つけた。(今度は、見失わないぞ)私は同じ入口から乗車した。決め手は、背広の色だった。少し緑がかったのが、印象に残っていた。背広が紺か黒だったら、わからなかったかもしれない。

当時は、わが中学校でも女子のスカート丈が短くなる一方だった。生活指導上も犯罪にまき込まれる要因でもあるので、授業の一環として生徒達に話をした。

犯人は特別の特徴もなく、ごく普通の人物だったこと。短いスカートの女子生徒がねらわれていたこと。挨拶したら中が丸見えになるようなスカート丈は危険であるということを話した。

そして、授業がなければ男といっしょの駅で降りて後《あと》をつけてみたいと思ったと話をしたときである。ある男子生徒が、

「先生、やめた方がいいよ。先生の方がよっぽど特徴があって、覚えやすいから、かえって危険だよ」

その言葉に私も他の生徒も笑ってしまった。

たしかに男子生徒の言うとおり。目も鼻も大きく、顔も大きくはっきりしている。当時は背の高い男子生徒に身長かける体重では負けないと言っていた。すなわち、背は低いけど体重が重いという意味である。

ここは男子生徒の忠告を聞いて、諦めようと思った。だが、なぜかその日以来、あの男に出会うことはなかった。

二つの卒業式

卒業式が終わって私が教室に入ると、

「先生！　呼名の時から泣いていたでしょ」

というのが生徒達からの第一声だった。

昭和五十三年三月二十日、第十五回Ａ中学校の卒業式は二部構成で行われた。一部は卒業証書授与式。二部は誓いの言葉、励ましの言葉があり、在校生、卒業生、保護者、教師の四者で構成された。一時間余りの長いものであった。出場者全員がそろったのが卒業式当日で、事前には一度も全員で練習することなく、本番を迎えた。台本作成と指導を担当したＴ先生の苦労がよくわかる。

教師代表は三名だった。学年主任のＫ先生、初めて卒業生を送り出すＩ先生、そしてもう一人が私だった。

私が選ばれた理由を説明するには、私の初めての卒業クラスである三年前の三年Ａ組のことを話さなければならない。

私は一年では担任、二年では体を壊し、副担任、そして三年で三年Ａ組の担任になった。

一年間担任を降りた私は、三年で担任の希望を出した。しかし、A組は二年から問題の多いクラスになっていた。同期でよき友人のS先生と私の元のクラスを担任してくれたT先生に呼ばれて、話をした。

「A組の担任は苦労するので心配だ」

「もし担任をやるのなら僕がA組を担任するから、先生は元のクラスを担任すればいい」

T先生はそんなことまで言ってくれた。とはいえ、一年間で作り上げたT学級に担任として戻ろうとは思わなかった。

結局、私はお二人の言葉を無視して、A組の担任になった。四月当初は大人しかったが徐々に問題が起きていった。

そして、ついに、卒業式参加を延期せざるをえない生徒まで出してしまったのである。職員会議で、義務教育修了の意義と、自己の行為に責任を持たせるという意味で、卒業式参加を延期したのである。生徒は数日間の指導のあと、先生方全員に祝福されて卒業していった。

初めて担任した三年生で、卒業式を全員で迎えられなかったことは、教師を続けていく限り、背負っていかなければならない重い十字架になった。

だからこそ、次の三年間は必死だった。

学年としても三年間の学年運営を考えていった。担任が代わるクラスがあればクラス替えをすることにした。教科担当でもクラスの状況で考える。できるだけ問題が起こらないような環境づくりが大切だと痛感したからである。

とくに、三年H組の担任になった時、私は四月最初の担任の所信表明で、一年前の三年A組の卒業式の話をし、担任したからには、全員でいっしょに卒業していってほしいと話をした。二度とない中学校生活を大事にしてほしいと要望した。

三年H組は、私の願いどおり卒業式を全員で迎えることができた。三年前の私の苦労をねぎらうかのような形で、三年の先生方が私を卒業式の教師代表の一人として選んでくれたのであろう。

一回目も二回目の卒業式でも私の袴姿は変わらなかったが、式に臨む気持ちは全然違っていた。一回目は一部男子が問題行動を起こすのではないかと噂が流れていた。卒業式を祝うより、無事に終わってほしいという気持ちだった。実際は何事もなかったのだが……。

二回目の卒業式は真から喜んで迎えることができた。一部の卒業証書授与のための担任による呼名が無事に終わると、二部に入る。私は代表としての発言があるので緊張していた。私は修学旅行でのエピソードを語ることにしていた。

舞台の前には二本のマイクが用意されていた。私は一つ手前の発言で自席を立ち、マイクの前に進んだ。心臓がドキドキしていた。

「修学旅行の思い出は……」というナレーションに続いて私は発言した。

『クラスの中から違反者が出たための話し合いを終えて、男子だけで新京極へ買い物に出かけたときでした。私の先導で二列に並んで整然と歩いていった君達。着いた所は、新京極と反対側の三条でした。八時五分、新京極には十五分から二十分かかると聞いて、愕然としました。「しょうがないよ、自分達が悪いのだから」「走って行っていいよ」と言った私の言葉に、「僕らは走ってもいいけど、先生が走れないだろう」と言って走ろうとしない子供達。

「あのマラソンをしているときの先生、とてもかわいそうで恨む気持ちになれませんでした。先頭を走っていた先生がちょっと走るともう後ろの方。あのときほどあまり走る気持ちになれませんでした。でも、先生がみんなに走って行きなさいと言ったときの顔が今でも忘れられません。先生、間違いは誰でもあるよね」と言って担任をかばう子供達。

三年前の苦しかった生徒指導からは、想像もできなかったことでした。このことは一生涯、忘れられない素晴らしい思い出になりました』
私は発言が終わると、すがすがしい気持ちで自席に戻った。発言している最中は台本を手にしながら言葉を発することが精一杯だった。声は震え、何度もつまりそうになった。でも、心の中は嬉し涙にあふれていた。

お別れ会

三年H組の卒業式の前日、正確には二日前の三月十八日の土曜日、クラスのお別れ会が開かれた。

職員室で待機していた私とS先生の元へ、女子のリーダーがやってきた。

「先生、S先生と教室へ来てください」

私達が教室へ入ると生徒達は輪になって、椅子の前に立ち、拍手で迎えてくれた。私は教室に入っただけで、もう胸が一杯になっていた。私とS先生は軽く会釈をして椅子にすわった。

　お別れ会の進行は、班が中心になって行われた。班が中心になっているのには、理由があった。それは六月のことである。班替えが決まり、班長立候補をつのったところ、男子七名、女子八名が立候補し、定員（男女各六名）以上の立候補があった。選出された班長が男女ペアを組み、班編成の相談を行った。

　毎朝八時に班長会を開き、新しい班を発表する段になって、誰が誰といっしょなのかなど、会議の内容が一部の生徒にもれていたことがわかった。

　班長とは会議を始める前に、内容については秘密を守ることを約束していた。班長を信頼して会議を進めていたのでショックであった。班長会では、一人ひとりがどうしたらよい方向に伸びるか、お互いに欠点をおぎない合う仲間づくりができるか、本音で話し合ってきた。一人ひとりの悪い部分もあきらかにして、本音で話し合ってきたのである。

　その時の私は、本当は友人のしつこい質問に耐えられずにしゃべってしまったのかもしれない班長たちに自分の感情をぶつけてしまったのである。「こんなことではもうやっていけない」と言って、その場を去り、職員室に帰ってしまった。

　班長たちは私がいなくなった教室で、どうしたら一番いいか、自分たちで話し合い、同じ結果になるかもしれないけど、再度討議し直すことにした。もちろん、今回は秘密厳守を絶対のものとして……。その日は、全校で各種委員会が放課後開かれたので、委員会終了後に班長会を開いて、その日に班づくりを完成させたのである。

私が班長会のことは、「他言無用」と言ったことを守り、友人に憎まれても最後まで守った班長、また、担任の私の悪口を言う友人に、「先生はそんな人ではない」と、かばってくれていた班長もいたことをあとになって知った。

そうやって苦しんでできた班である。そのため私が「もうそろそろ班替えしてもいいのでは……」と言っても、班長たちは替えようとしなかったのだ。

修学旅行をはじめ、あらゆるH組の活動は、この班単位で考え、行動していったのである。だから、最後の「お別れ会」も、この班単位で始まるのである。

会の運営は一班が行った。お菓子代三百円を集め、私とS先生には花と色紙を用意した。お別れ会は一部が「先生へのお礼の呼びかけ」、二部が「バレーボール大会」だった。

お礼の呼びかけは一班から二班、三班へと続いていった。班長が代表で一年間のH組の歩みを語ってくれる度に、思い出が蘇ってきた。

四月下旬のバレーボール大会では女子が優勝したのだが、この時、私は他のクラスから、

「先生、そんなに大きな声で応援しないでください」と、注意を受けたことを思い出した。

修学旅行では、京都の街を男子と走ったという話以外にも、まだまだ心に残ることがあった。

それはバスの中での出来事である。指揮者が前に立ち合唱コンクールのH組自由曲、「山寺の和尚さん」の練習をし、〝ポンポン〟と歌っていたことである。

さらにこんなこともあった。見学場所になっていなかった北野天満宮のことで、バスガイドさんから「お参りできなくても、バスの中から皆さんの合格祈願のために、私の合図で柏手を一つ打ってください。きっと御利益《ごりやく》がありますから」と言われた。そして、バスが北野天満宮に差し掛かると、ガイドさんがすかさず、「こちらが北野天満宮です。ハイ！」と言い、その瞬間、柏手が〝パン〟と一つになってバスの中に大きく響いたのである。普通なら後からパラパラと音がしたりするものだが、一つの乱れもなく一瞬のうちに決まった。あまりにも見事だったので、私の隣に副担任として同乗していたS先生と目を見合わせ、その後、みんなで、笑ってしまった。生徒たちも自分たちの見事さに、びっくりしていたようである。もちろん、バスガイドさんも。

また、バスを降りて見学場所に移動すると、私の周りにはいつも女子ばかり。旗を持って先頭を行くバスガイドさんの後ろには、男子がしっかりついていた。最初はその光景に僻《ひが》んだりした私だが、次第に男子の姿が微笑ましく思えるようになっていった。

最終日、京都駅でバスを降りるとき、ほとんどの男子が泣きながらバスガイドさんと握手をしていた。バスガイドさんの目にも涙が光っていた。

三日間、自分の説明に素直に反応してくれた生徒たちの優しさに、若いバスガイドさんも感じることがあったに違いない。走り去るバスの後方で左手で目頭を押さえながら、右手を大きく振っていた彼女の姿を思い出す。もちろん、わが男子生徒も、バスが見えなくなるまで、両手を大きく振って応えていた。手前味噌になるが、いい生徒だと思った。

進路のことでは、生徒たちは私のことを「一生懸命やってくれた」と感謝してくれたが、この受験のときこそ、担任の自分の力なんて大したことはないと感じたのである。

それはある私立高校の受験に失敗した男子生徒のことがきっかけであった。私がもう一校、受験をしてみないかと勧めたのだが、彼は、

「もう俺、受験しないで就職する」

と言ったのである。しかし、私は彼がまだ何となくすっきりしていないと感じ、彼の友人に本当の気持ちを聞き出してくれるように頼んだ。すると彼は、その友人に、

「もう一度、受験してみたい」

と、本心を打ち明けた。私はそのときから、生徒の力の大きさを痛感した。彼の友人は、放課後の学習援助も引き受けてくれたのである。受験の結果はだめだったが、悔いを残さず、彼は就職することができた。もちろん、二人の信頼関係は深まっていった。私にはできなかったことで、二人の友情に感謝している。

また、合唱コンクールの思い出の曲である「山寺の和尚さん」をお別れ会で歌った。

そもそも、合唱コンクールの自由曲にこの曲を選んだ理由は、担任である私の「日本民謡を歌ってほしい」という希望があったからだ。

「山寺の和尚さん」は四部合唱で、歌だけでなくピアノ伴奏も難しかったようである。歌の方は音楽の先生が各パートをご自分で歌ってテープに録ってくれたので、それをくり返し練習した。パート別練習にも一カ月かかった。

まだ曲名が発表されていなかったとき、保健の先生から、「先生のクラス〝山寺〟を歌うのかしら」と聞かれたことがあった。「どうして」と聞くと、「保健室前のトイレ当番で、男子が床に水をまいた後、電気ブラシをかけながら、〝ポンポン〟と歌っているの」と言われた。それを聞いて、私は、何とも平和な光景だと笑ってしまった。

コンクールの本番当日、前奏が始まったとたん、会場に笑いが起こった。だが、すぐにその笑いは生徒たちの歌声で消えた。そして、歌い終わったとき、一瞬会場が静まり、次に大きな拍手が沸き起こった。全校に合唱の楽しさを広めようというH組の目標は十分に伝えることができたように思う。自由曲の「山寺」だけなら、全校三位入賞も可能だったと音楽の先生に言われたことを思い出す。

当日指揮者だった生徒は、五年後に、

『当日は、二カ月間の練習の成果を、ほんの四、五分で発揮しなければならないとあって、誰の顔にも緊張の色は隠しきれなかった。歌い始めると、クラス全員の真剣なまなざしが一点に集中して、時に激しく、時にゆったりとして指揮の振りに合わせて皆の体が一体になりいっしょに揺れるのを感じたとき、言葉にならない熱い思いが胸一杯に広がった。（中略）A中において心の通い合った仲間と共に力を合わせて築き上げたものは、誰の心にも大切な財産として残り、卒業後の人生においても様々な形で生かされているに違いない』

と語っている。

六班の班長が締めくくりでお礼の言葉を述べ、続いて、学級委員長から感謝の気持ちを込めて、私とS先生に花束と色紙が贈られた。

このお別れ会のために、生徒たちは毎日、朝の学活の前に教室で練習していた。私に見つからないように見張り役を立て、台本のプリントも他の先生にお願いして印刷してもらったという。

会の最後、私は感謝の言葉を述べている途中で胸が一杯になってしまい、続けることができなかった。副担任のS先生は私と同期で、六年間同じ学年だった。三年前の苦労も全部知っている。私がどんな気持ちでH組の担任になったかもよく理解してくれていたので、私の代わりに、生徒たちに感謝の気持ちを伝えてくれた。

よき生徒たちと苦労を共に支えてくれた先生方に出会えたお陰で、最高の気分で、二回目の卒業式に臨むことができたのである。

二十九年目のクラス会

平成十六年一月十日土曜日、真冬の寒さのこの日は、私にとって忘れられない一日となった。小雨が降りしきる中、私は午後六時からの旧三年A組のクラス会の会場に向かっていた。

前の年の十二月末に教え子から一通の往復ハガキが私の自宅に届いた。それは二十九年ぶりになる旧三年A組のクラス会の招待状であった。彼女は班長などもやり、しっかり者で信頼できる生徒だった。場所はA中学校の最寄り駅の近くの料理屋だった。当日の私は少々風邪ぎみで体調はよくなかった。

旧三年A組というのは私にとって初めての卒業クラス。しかも三月二十日の卒業式を全員で迎えられなかったクラスである。私には絶対忘れてはならないクラスなのだ。

果たして今日は誰が来ているのか。どんな表情で、どんな職業について、どんな経験を積んで、どんな人生を重ねているのか。嬉しさもある反面、参加してくれている教え子たちの思いを考えると、複雑な気持ちだった。そのとき私は五十五歳だった。

最寄り駅には少し早く着いたのだが、あたりはすっかり暗くなっていて、会場となる日本料理店はなかなか見つからなかった。開始時間の六時を少し過ぎてしまって、ようやく到着した。

私は店の入口前で一呼吸してから引き戸に手をやった。中からは人の声もしていた。引き戸を開けたとたん、

「あっ！　先生だ」

と、気づいた者が叫んだ。みんなの目が入口の私の方に向けられた。入っていくと、

「変わらないね。若い！」

そんな声まで聞こえてきた。予想以上の歓迎ぶりに私自身がびっくりした。旧三年A組の在籍数は四十三名。今回は二十名が参加した。それに、今は校長先生になっている、かつての同僚のT先生も参加していた。

T先生は生徒たちが二年生のとき、他校から転勤してきて、私の一年のときのクラスを担任してくれた人である。私が三年で再度、担任を希望したとき、もう一度、元のクラスを持ったらと言ってくれた。三年A組を持つことは、苦労するからと最後まで忠告してくれた人である。

しかし、私が三年A組を持った後は、何かと助けてくれた戦友であった。生徒たちもク

ラスの文集にT先生の文章を載せたくらい信頼していたようだ。

今回、幹事がわがクラスの会に出席をお願いして実現したようである。私にとっても久しぶりだったので、とても嬉しかった。

出席者二十名のうち、すぐに名前を思い出せない者が一人いた。すっかり髪の毛が薄くなり、四十四歳で孫がいるという話だった。話をしているうちに、中学校時代の彼の姿が思い浮かんできた。あの頃の顔になっていた。

私にとって最初の卒業生の彼らとは、十一歳しか歳の差がない。私が若く見えるのではなく、生徒たちが私の方に近づいてきたという感じである。

一番心配だったのは、みんなが、三年A組や担任の私に対してどんな感情を持っているのかということだった。挨拶の後、雑談で聞き込むと、やはりまだしこりが残っていて、クラス会に参加しなかった者もいたようである。

参加してくれた生徒の中には、当時はけっこうやんちゃしていた生徒でも、すっかり落ち着いて渋みを増したいい顔になっていて安心した。自分のことはさておき、わが子には厳しい父親になっていると聞いて、みんなで笑ってしまった。

正義感の強い女子の中には、「先生にチクルな」と圧力をかけられ、恐い思いをしていた者がいたようだ。当時、私は彼女のそんな状況をつかんでいなかった。今は、そんなことも大声でしゃべり合っていた。クラスの女子生徒はしっかり者が多かったので、担任が役に立たない分、他の女子が彼女を支えてくれたのだろう。感謝である。

また、卒業式で大きな体を震わせて号泣していた男子生徒の姿もあった。やさしくて力持ちの彼から、

「うちのクラスのおかげで、他のクラスの先生は楽をしていたんじゃないの。先生が一番苦労していた」と。

そんな風に見ていたとは。内心嬉しかったが、それに対しては無言を通した。

実は、その言葉を裏づけるような話が大人側にもあって、クラス替えがなされなかったという経緯がある。大人の思惑を見ぬいていた生徒たちの観察力はすごいと思った。

四月当初は三年A組も落ちついていたが、月日がたつにつれ、問題行動も多くなってきた。その頃、ある女子生徒から言われたことが強く印象に残っている。

「なぜ、先生はA組の担任になったの。苦労するだけじゃない」

その声に返す言葉はなかった。三年間、変わらないクラス仲間で問題が多い。そして、三年間、毎年担任が違うという状況の中で感じていた彼女の言葉。重かった。「こんなク

ラスいやだ！」と言わずに、担任を思いやる生徒。これは大人の責任だ。今、三年A組の担任として、しっかりがんばらなければと強く思った瞬間でもあった。

この日のクラス会の中で初めて聞く発言があった。それは当時の朝の学活で、私が教室に入ってくる顔つきで、また何か三年A組で問題があったのではとわかった者がいたということだ。それも一人ではなかった。やはり担任として二十代半ばの経験不足で未熟であったことの表れである。心配をかけていたことを詫び、やさしい生徒たちでもあったことを改めて見直した。

私は自宅が遠いので、クラス会は一足先に退席した。少し雨が降っている中、一人の女子生徒が駅まで送ってくれた。歩きながら、

「先生が私たちのために、一生懸命だったことはわかってたよ」

と言ってくれた。

「ありがとう」

それ以上の言葉は出なかった。涙が出るほど嬉しい言葉だった。

私も初めての卒業クラスということで、自分がやらなければという気負いがあった。今だったら、いろいろな方法で生徒たちと理解を深めようとしたはずである。だが、あの当

時は直球ばかり投げて、それが逆に問題行動を起こしている生徒たちを追いつめてしまったのではないかという反省もした。空回りの所もあったかもしれないが、一生懸命だったと認めてくれたことで、風邪ぎみだった体調も家に帰る頃にはすっかり治まり、気分がよくなっていた。

一月の末、幹事をしてくれた彼女から、クラス会のときのたくさんの写真とお礼の手紙が送られてきた。その手紙の最後に、

『卒業してから約三十年、いろいろなことがあったと思いますが、みんな良い年を重ねていると感じました。まだまだこれからだと思います。もっともっと輝いていけるよう頑張りたいと思っています』

と、書いてあった。

私こそ元気をもらい、かけがえのない一日を過ごさせてもらって幸せだった。生徒たちの幸せを願いつつ、私もいつかまた再会できる日のために、一生懸命、前向きに生きていこうと思った。

王道の教え

篆刻＝てんこく。読めても、それがなにかを説明できる人は少ない。

「はんこ・印のようなもの」

と言うと気づいてくれる。

「六センチ、七センチという大きさの石に文字を彫って作品にしたもの」

とまで言わないと、篆刻の本当の姿が見えてこない。

今日紹介する師匠は、その篆刻の先生である。今から、三十年余り前になる。私、三十代、先生が五十代である。男の先生である。

篆刻の教室は週一回。月曜日の夕方六時から八時である。月曜日と言えば、月曜病といわれるものがあるくらい、私たちにとっては、危ない日である。私も中学校の社会科の教師として勤務していて、当時は生徒も荒れていて、生活指導に苦労していた時期でもある。

そういう苦しみを救ってくれたのが篆刻である。高校時代に少し自己流でやったことがあったが先生が見つからず、続けられなかった。月曜日の教室は、やっと見つけた場所だった。

やってみると、自分では線を強くしたいと思ってがんばってみると、「これは乱暴だ」と言われる。頭でわかっていても印面に表現できていないのである。あげくの果てに、「数多く彫ればいいというものではないよ」と先生に言われてしまう。

それでも続けられたのは、週一回のお稽古の後の、先生との飲み会が楽しみだったからである。会費はいつも先生が出してくださる。初めのうちは、それでは困ると弟子の私たちは抵抗したが、先生は頑として聞き入れなかった。それは先生の師匠の教えとのことである。

「一番威張る者がお金を出すのが〝王道〟である」

という考えだ。このメンバーの中では自分が一番威張っているから出すというのだ。人の上に立つのもなかなか厳しいものだ。

そのことがわかってからは、

「ご馳走さまでした」

と言うのが常になった。先生の嬉しそうで満足げな顔が今も浮かんでくる。

でも、先生は決して威張らない人で、人に偉そうな態度を取ったこともある自分が恥ずかしい。

先生は、王道の話だけでなく、ビールの美味しいつぎ方から政治の話、よく行かれる中国の話、もちろん専門の篆刻の話と話題が豊富で、いつも聞くのが楽しみだった。

当時の私の教室でのアダ名は「八時の女」だった。生徒の問題行動が起こると、教室の時間、ぎりぎりになってしまう。あるときなどは、もう先生が道具をかたづけ終わった時間になってしまって、飛び込んだとたん、先生から「飲みに行った処で、作品見てあげるよ」と言われた。

今は、直接ご指導を受けることはなくなってしまった。

篆刻を習い始めて三十余年。本来はその技能や技術を学び、受け継いでいくことが大切だと思うのだが、その前に、生き方や考え方を学ぶことが大事なのではなかろうか。共感でき、尊敬できる人がやっている篆刻だから、その技能や技術を受け継ぎ、うまくなりたいと思うのである。

ちょっぴり頑固で、王道を守り、話し好きな先生の生き方、考え方に魅力を感じている。少しでも近づけたらと思う。

人に対して威張らないことは守っているつもりである。だが、整理・整頓の素晴らしい先生の真似はできず、机の上のものを移動させて、この原稿を書いている。

二十歳の年賀状

『あけましておめでとうございます。F中学校を卒業して早五年。今年成人式を迎えることができました。在学中には、ご心配ばかりかけ申し訳なかったと今になって反省しています。現在B地で親と住んでいます。Cという会社に勤めてがんばっていますので安心して下さい。最後になりますが、御体を大切に』

これは昭和六十二年の元旦に届いた年賀状の一枚である。万年筆を使い、しっかりした字で書かれていた。私はその年賀状の差出人である彼をF中学校で中学一年と三年のときに担任した。彼は一年の頃は議長や班長をやり、とても正義感の強い生徒だった。ところが二年になって一変してしまった。原因はよくわからなかったが、一年のときと、明らかに違ったのは交友関係である。目立つようになっていた。

三年になるとき、再び私が彼を担任することになった。他の先生方が思うほど、難しい子だとは思わなかった。彼のいい部分を一年のとき、見ていたからかもしれない。彼も私にはあまり逆らうことはなかった。

むしろ、学年一番のつっぱりの生徒と私がやり合ったときなどは、

「先生、やめてくれよ」

と、一生懸命、私を止める側に立っていた。つっぱりのボスには言えなかったが、これ以上やり合うと、私の身が危ないと思い、彼なりの精一杯の行動をしてくれたのだと思った。

当時は、対教師暴力もあり、他の生徒から「てめえ、女でよかったなあ」と、よく言われた。それは「男だったら、もうとっくになぐっている」という意味である。男が女に暴力を振るうことはみっともないという意識がまだ残っていた時代である。

彼を一年のときのようなリーダーにはもどせなかったが、自ら判断して進学を諦め、就職の道を選んだ。もちろん、一年のときの学力だったら普通科をねらえた。三年でも進学は可能だった。だが、彼は自分自身をこう分析した。

「今の自分では、合格して高校に入ったとしても続かない。だから就職する」

学力よりも生活面での不安がまだあったのだと思う。

そして、三月二十日、社会人として巣立っていった。

五年間音信不通だった彼から年賀状をもらったとき、本当に嬉しかった。彼から素晴らしい贈り物をもらったと思った。だが、そういう気持ちと同時に、もっともっと楽しい中学校生活を送らせてあげられなかったことを反省した。一度しかない中学校生活なのに、かわいそうなことをさせてしまった。大人の責任である。

彼には申し訳ないが、新しいクラスを持つ度に、この年賀状を登場させた。彼の人柄や自己分析能力の素晴らしさを紹介し、一度しかない中学校生活を後輩たちに大切にしてもらうために使わせてもらった。

私もまた、彼の年賀状によって何度か救われた。生徒とうまくいかない苦しいときに、卒業して何年かたって、彼のように私たちの気持ちがわかってくれればいいと思えるようになっていたからである。彼のお陰である。

今ではすっかり黄色に変色してしまった年賀状。今、読みかえしても嬉しさがこみ上げ、胸が熱くなる。彼からの贈り物の年賀状は、私の永遠の宝物である。

借金は住職から

「義姉《ねえ》さん！　どうするんですか」

父の通夜の親族会議は、母に対する叔父のこの一言から始まった。実はその日、遠縁の人から「お墓の土地が他人の所有地になっている」と、聞かされていた。そのため通夜終了を待って、その対策会議を開いた。昭和六十三年六月一日のことである。

お墓の土地を失ったのは、父が旧制中学三年のときだった。父の父・すなわち私にとって祖父の失敗で多額の借金をかかえ、家も土地も処分され、家財道具には赤紙がはられたという。

だが、墓地は売らないのが常識。もう書類が残っていないので、詳しいことはわからないが、土地を処分するときに、墓地を切り離すのを忘れたらしい。父をはじめとして、誰一人売ってしまったことを知らなかったのだからびっくりである。その土地を買われた人も六十年近く黙認していたことになる。

無事にお葬式を終わらせなければと不安に思っているときに、父の入るお墓がないとわかったショックは大きすぎた。私の頭は一日も早く父の納骨ができるお墓をつくってあげなければという思いだけだった。

生前父は、年に三回墓地に行って、草刈りをし、墓守をしてきた。いつも母がいっしょだった。手押し車に草刈りの道具を入れて出かけて行ったお墓の土地が自分たちのものでなかったというのは酷すぎる。

当時のお寺の住職は父と幼馴染みで、父のことを『輝ちゃん』と呼び、父のこともわが家の事情もよくわかっている人だった。校長先生もされていて、通称〝先生〟と呼ばれていた。私は先生にお墓の土地が他人のもので、新しい父のお墓をつくらなければならないことを話し、協力をお願いした。先生はそのことを真剣に受け止め、やさしく接してくれた。

その頃、お寺では新しい墓地がつくられ、入居者の募集をしているところだった。その場所は先生と父が学校へ行くときの通学路の側にあって、「将来は墓地にするといいね」と、二人で話をしていたという。

早速、先生は私のご先祖の墓石と遺骨を納めるため、少し広めの墓地を決めてくれた。その墓地の隣は、ご先祖同士で、お寺の創建に貢献したという家柄だった。先生はそのことにもふれ、「いい場所が空いていて、よかった」と、満足げであった。その墓地は前列の墓地より一段高くなっていて、前の道も広くさえぎるものはない。車道からもよく目立つ場所だった。父も喜んでくれると思った。

先生はなにもできない私にかわって、ご先祖のお墓の移動から、石屋さんの交渉、さらに古い文献から墓石の頭のそり具合、家紋が「裏紋」であることも調べてくれた。「裏紋」とは、形は同じなのだが、全て白い部分と黒い部分が逆に表現される。なぜそうしたかというと、財を成したご先祖が、「弟」であり、「兄」に対して、一歩控えたからではないかという。数百年前のことが初めて明らかになり、興味深かった。

お寺には私の仕事の関係で、日曜日でなければ行けなかった。お葬式後の早い時期に、母と二人で訪ねると、先生が出てきて、

「明子さん、ちょっと墓地に行って、どんな墓石がいいか、見てくれる。種類がいっぱいあるので……」

と、言われ、先生と私は古い方の墓地に行って、自分の好きな墓石を探した。

「これがいいです」

と、白っぽい墓石を選んだ。黒っぽい墓石は、アフリカ産で値段も高いと本に書いてあ

ったので、初めから選ばなかった。母からは私の判断にまかせると言われていた。

「いいね。明るくて。わかった。私の方で石屋さんに注文しておくから。ご先祖の墓石を少し周りに並べるので、中心になる新しい墓石は一回り大きくするよ」

先生は、どんどん話をすすめてくれた。

そんな中で、一番の問題はお金であった。墓地代、墓石代、御布施代など、全てを貯金でまかなうには、大きな金額だった。家のローンもまだ残っている。墓石代は利子の低い職場から借りることにした。だが、すぐにはお金は降りてこない。

「先生、お金が期日までに、間に合わないのですが」と言うと、先生は、

「いいよ、いいよ。まちがいなくお金は入るのだろう。僕の方で、石屋さんに払っておくから」

と、いとも簡単に言われた。

本当に有り難かった。お墓の世話から、お金の援助までしてもらい、感謝の気持ちで一杯だった。

友人からは、「お寺の住職にお金を貸してもらった人なんて、めったにいないわよ」と、言われてしまった。

先生にお礼を言うと、

「輝ちゃんのためだから」

と、言ってくれた。生前の父と先生の信頼関係が、私たち母子を救ってくれたのだ。先生のお陰で、予定していた八月に父の納骨を終えることができた。その日を先生はたいへん喜んでくれた。

その先生も、父が亡くなった五年後に、病気で亡くなってしまった。もっともっと長生きして父との思い出話を聞かせてほしかった。幼馴染みの二人は天国で再会したことだろう。そして、父は先生の厚意に感謝したに違いない。母とお寺に伺う度に、本堂の大きな先生の遺影に手を合わせる。あの時の感謝の気持ちを忘れないために。

今は本堂が建て直され、先生の遺影はない。私はお墓参りをする度に、歴代の住職の墓地に行って、手を合わせてくる。自分がお墓参りができるうちは、続けていくつもりである。

騙し上手な母

私は母からずっと、

「後にも先にも、わが家はお前ひとりしか生まれなかったんだから」

「お父さんも、次の子が生まれても、同じように愛情を注げるか自信がない。だから、子どもはひとりでいいんだと言っていた」

と、聞かされていた。

だのに、父が六十七歳で亡くなった昭和六十三年の六月に、父の位牌をつくるときのことだった。突然、母が、

「お父さんの位牌といっしょに水子の位牌もつくって！」

「日付は、昭和三十年十二月としてね」

と、たて続けに、あっけらかんと言い放った。私は予想だにしていなかった母の申し出に、びっくりして、思わず言葉をのみ込んでしまった。

昭和三十年といえば、私が小学一年生のときである。生まれてくれれば、私と七つ違いの弟か妹である。その頃、母は神田の病院に、肝臓が悪いということで入院した。夜になる

と病院近くに、よく石焼き芋屋さんが売りに来ていたという話をしてくれたことを覚えている。

今思えば、そのとき、母は同時に、妊娠していたのだろう。肝臓の治療は、胎児に悪影響を及ぼす。中絶させる期限は限られている。父は選択を迫られていた。父が選んだのは、子どもを諦めて、母の命を救うことだった。

「お父さんは、男の子か、女の子だったたか、わかったはずだけど、私には教えなかった」

と、母は言っていた。

水子がいたと聞いて、母から聞かされていた父の言葉も理解できた。肝臓病のため、次の子を中絶して諦めなければならなくなった母に対しての慰めの言葉だった。母の悲しみを少しでも和らげようとした父のやさしさである。

私は俳優の高倉健さんが、「男の強さはやさしさである」と言っていたことを思い出した。あの言葉と同じ意味なのだ。私は父の母への愛の深さを改めて感じた。

その母は平成二十三年に八十九歳で亡くなった。しばらくして、母の妹にあたる叔母の家を訪ねたとき、聞いてみた。

「水子がいたことを知っていましたか」

「知らなかった」と、言われた。両親にも兄弟にも誰にも話をしなかったのだ。それだけ悲しみも深かったのだと推測できる。

水子が男の子だったか、女の子だったかについては、男の子だったと私は思っている。

実は、私が二十八歳のとき、友人と二人で京都に旅行した。その時、太秦にある東映京都撮影所の映画村を訪ねた。映画やテレビの中で、日本橋としてよく出てくる橋の下に小屋があって、その中で占いが行われていた。占い師は五十歳ぐらいの男性で、私は興味本位で、見てもらうことにした。

占い師はまず私の手相を見て、

「貴女は二十六歳で結婚します」

私はその言葉に、ニコニコしていた。次に、占い師は、私の耳を見て、

「貴女には弟がいるでしょ」

と、言われたので、その言葉には、すぐに、

「いません！」

と、反応した。母から「後にも先にもひとりだった」と聞かされていたし、二十六歳で

結婚すると言われても、そのとき二十八歳の私には、その占い師を信じられなかった。むしろ、むっとしていたが、「二十六歳以下に見られたのよ」という友人の言葉に半分救われた。でも、占い料、三千円は損をしたと思った。

父が亡くなったとき、私は四十歳。

「もしかしたら、お父さんに隠し子が出てくるかもしれないよ」

と、父の友人に冗談ぽく言われた。

「まさか、父に限って、そんなことはありません」

と否定した。しかし、母に水子の話を聞いて、あの占い師が、私の耳を見て、自信を持って、「貴女には弟がいるでしょ」と言われたことが確信となり、水子は弟だったと思うようになっていた。

生前の父に、「京都の占い師から貴女には弟がいる」と言われたと言ったら、どう反応しただろうか。父は黙っているのは得意だが、嘘をつくのは苦手である。どんな顔をしただろうか。母の方は、もしかしたら、父のいない所だったら、私に水子の話をしたかもしれない。

二人の絆が強く、娘の私は三十年以上騙されていたことだけは事実である。弟がいたら私の人生どうなっていただろう。おもしろかったのに……。残念だった。

今となっては、「お父さんは、男の子か女の子かわかったはずだけど、私には教えなかった」という母の言葉を信じていいのか、わからない。知っていたのではないか。母の演技に完敗である。

思い出のひとりじめ

父の葬儀から三日ぐらいたった頃、私は父専用の洋服ダンスを開けてみた。その中に風呂敷包みが置かれていた。持ち出してみると、えらく重たかった。風呂敷包みを解くと、今まで見たこともない三冊のアルバムが出てきた。そのうちの二冊は、父が買い続けていた宝くじの回ごとのハズレ券が一枚ずつ、発行順に貼られていた。

一番厚い、もう一冊のアルバムを開けた。

「えっ！　なんで」

と、思わず呟《つぶや》いてしまった。そこには父の六十七年間の写真と、私の小学校ぐらいまでの写真も貼ってあった。それらの写真は、以前は大学ノートに貼ってあった。私の分だけでも二冊はあったと思う。

私は昭和二十三年生まれ。戦後三年はたっていたが、まだまだ食糧難が続き、激しいインフレの混乱の時代である。写真も貴重だし、アルバムも高価だった。それで父は、大学ノートをアルバム代わりに使ったのであろう。

大学ノートの写真一枚一枚には、それにふさわしい父のコメントが添えられていた。たとえば、〝二歳で帽子をかぶった写真〟では、「大好きな野球帽をかぶって満足そうな明子！」とか。〝ハーモニカをくわえている写真〟には、「将来は音楽家？」なんて書いてあったのを覚えている。それらのコメントを読むと、そのときの父の私への思いが伝わってきて、何年たっても楽しいものだった。ところが、新しいアルバムに、びっしりと写真が貼り直されていて、あったはずのコメントが消えていた。

父は昭和六十二年一月に胃がんの手術を受けた。そのときは、すでに三十数年勤めた国鉄を退職し、第二の会社に就職していた。病巣は胃をつき破り、手術後の再発は早ければ半年と宣告された。父には内緒ということだったが、抗がん剤治療を受けている父は、自分の命に限りがあることはわかっていたと思う。

父は十二月に再入院する。だから、アルバムの写真の貼り直しは、二月に退院してから十二月の再入院の間に行われていたのではないかと推測できる。

退院後の父は、週末になると母と私に、

「留守番しているから、横浜へでも買い物に行ってこいよ」

と、声をかけていた。母が、

「急いで行ってくるから」

と言うと、

「ゆっくり二人でお昼でも食べてくれば」

と、外出を勧めた。そして、いつも縁側から私たちを笑顔で見送っていた。その姿が瞼の裏に残っている。母も私も、私たちの外出時に、父がアルバムを貼り直していたとは、全く気が付かなかった。

どんな気持ちでアルバムを貼り直していたのだろうか。今となっては推測するしかない。

自分が書いたコメントを読んでは写真を剥がし、それを新しいアルバムに貼っていく。涙を浮かべながら、時には、私の幼き姿とコメントで含み笑いをしたりして。シャイな父は、自分の思い出として、脳裏に焼きつけていたのだろうか。入院時も人には髭ののびている顔は絶対に見せなかった父。コメントを残していくのは恥ずかしいと思ったのだろうか。私から言えば、思い出のひとりじめである。

小さい頃は、よくキャッチボールをして遊んでくれた。映画にもよく観に連れていってくれた。やさしく、ちょっとハンサムで、オシャレな父が私は大好きだった。「お父さん似ですね」と言われると嬉しかった。

でも、コメントを消してしまった父には、文句を言いたい。私にとって、一つ一つのコメントは大切で、大好きな父との思い出だったのに。

「ずるいよ、お父さん」

「コメント、返してよ」

と、言いたい。

その気持ちは、何年たっても変わらない。

なぜか父が登場

わが家の『自慢の料理はなにか?』と考えてみた。母は魚を煮るのが得意だった。神奈川県小田原出身で、いつも新鮮な魚が手に入ったことも影響している。とくに、金目鯛と鯵はよく煮てくれた。どちらも甘辛く濃い醤油味で、鯵の方はしょうがをきかせ、金目鯛の方はごぼうを入れて煮ていた。鯵は煮たものを次の日には、さらに焼いて食べた。身がしまり、香ばしくなって美味しさが増す。身を食べた後の骨を、食べ終わった空のお茶わんに入れ、小さじ一杯ぐらいの煮汁を入れてお湯を注ぐ。それを味わうこともした。

私はどちらかというと、金目鯛の煮付けが大好きだった。母が亡くなった今は、金目鯛を魚屋で見かける時期になると、何回か作る。仏壇にも供える。母が煮ていたようにごぼうを入れて、甘辛の濃い醤油でこってり煮る。煮込む前には、酒入りの湯に身をくぐらせることも忘れていない。そのひと手間が味をよくする。そして、金目鯛の煮汁の方は、身を食べ終わったら、汁が飲めるくらいに薄めて、それで、さといもと大根、こんにゃくを入れて煮る。金目鯛の旨みが加わっているので、これまた美味しい。最初に煮たごぼうも、もちろん味がしみて、柔らかく美味である。

母の教えの中に、「魚は目をよく見て買いなさい」というのがあった。「自信を持っていれば、目をかくしては売らない」とも。わが家の近くのスーパーは、よく目玉をかくして売る。私は母の教えに従って、そういうときは、買わない。

煮魚は母の得意料理だが、次の料理には父の手が欠かせない。その代表が〝つみれ〟である。ひこいわしの骨を手ではずし、大きなすり鉢に身を入れて、すり身をつくる。それにささがけのごぼうや人参、しいたけ、細いコンブを入れて、かきまぜる。小麦粉をつなぎとして使うが、多いと量はふえるが粉っぽくなって美味しくない。そういった具の準備の前に、母はだしを取り、それに醤油、味りん、酒、砂糖を入れて、少し濃いめのつゆをつくる。そのつゆの入った鍋を火にかけておく。つみれの具を小皿とヘラを使って、半月の身をつくり、つゆの中に入れて煮込む。最初は表面だけに味がつき、中身はしみていない。温かいご飯のおかずにぴったりだが、私は数回煮込んで、味が中までしみ込んだつみれで食べるお茶漬けが大好きだ。

つみれ作りのときの父の一番の役目が、すり鉢に入れたひこいわしの身をすり棒で、しっかりすることである。その間、母は両手ですり鉢を押さえている。その呼吸がぴったりだった。

すり鉢を使う料理がもう一つある。それは〝とろろごはん〟。父が職場の人から自然薯をいただいたときに作る。山から掘ってきてくれた天然の自然薯なので、細いのだが、ねばいが強く、市販のものと全然違う。父は味噌汁づくりから行い、すり鉢で自然薯をすり、味噌汁で味を調えていく。最後に卵の黄身を入れて仕上げるまで、ほとんどひとりでやっていた。母は麦飯を用意する係である。一般的には〝とろろごはん〟のとろろは、醤油味が多いようだが、わが家は味噌味なのである。その日の夕食は、母がご飯をよそい、父がそのご飯にすり鉢に入った〝とろろ〟をかけてくれる。

さらに、〝天ぷら〟のときも父が登場する。私は〝はす〟の天ぷらが好きだったが、父は桜えびの天ぷらが大好きだった。それも乾燥した桜えびを、野菜といっしょにしないで、桜えびだけで揚げるのである。小さなげんこつのような形になる。しっかりした食感である。母は野菜を入れて、量を増やしたいのだが、父に言わせれば、「野菜を入れるのは邪道だ」というのである。予想以上に桜えびが必要になり、意外に贅沢である。

母は揚げる野菜などの準備をし、父が揚げる。一見、父の行為は母を助けているように見えるが、母は、

「お父さんは、つまみ食いがしたくて、天ぷらを揚げるのよ」

と、言っていた。たしかに、観察していると、桜えび以外でも揚げながら食べていた。母もそう言いながらも、いつも父の揚げるのを笑って許していた。揚げたては美味しいもの。わが家では、天つゆはあまりつくらなかった。砂糖醤油で食べていた。意外に美味しい。

「つみれ」・「とろろごはん」・「天ぷら」は、いつも父と母の共同料理だった。父は大正生まれで、軍隊も経験し、さらに国鉄マンで若い頃は泊まりの勤務が多く、自分の食べることや洗濯などは苦にならなかったようだ。

この三種類の料理は、二人とも亡くなってしまった今は、私にとって懐かしい味になっている。〝とろろ〟はつくることがあるが、自然薯は手に入らないので、あのねばりが出ない。〝天ぷら〟は買ってくる。〝つみれ〟は、ひこいわしが売られると、がまんできなくてつくることもある。だが、なかなか手間がかかり、二人でつくっていたことに納得する。また、つなぎとして入れる小麦粉の量が難しい。

父は、なんの違和感もなく、わが家の代表料理を母といっしょにつくっていたのである。

わかれ

平成二十三年八月五日は、朝からよく晴れていた。私は十時の開店時間に合わせて、近くのスーパーに買い物に行った。母が入院中なので、一時間足らずで、買い物を済ませ、家に帰ってきた。

買ってきた品物を冷蔵庫に入れている時だった。電話のベルが鳴った。ギクッとして受話器を取った。

病院からだった。

「私、病院でお母さんを担当している看護師です。いつも面会に来られることはわかっているのですが、きのうまでとお母さんの呼吸の仕方が違うので、できるだけ早く病院に来てほしいのですが」

「わかりました。すぐ伺います」

看護師さんから、

「気をつけて来てくださいね」

という、優しい言葉が返ってきた。病院からの緊急呼び出しの電話は、今回が二回目である。

一回目は八月二日の朝、八時前だった。

「お母さんの血圧が下がっているので、すぐに病院へ来てください。今から先生が血圧を上げる点滴を開始します」

看護師さんの電話の切迫した声で、母の病状が伝わってきた。そのとき、私には、

「もうだめかもしれない」

という不安な気持ちが心に走った。

今回で入院は三回目になっていた。母は七月十九日にベッドから落ち、朝まで誰も気がつかず、救急車で運ばれた。整形外科の診察は落ちた所が畳だったので、骨折などもなく、大丈夫だった。でも、脱水状態で便秘がちであったため、次の日に診察予定が入っていた内科にまわされたのである。

母の元々の「病」は食道静脈瘤破裂から始まった。八十九歳で高齢ということもあり、肝臓機能も低下していた。緊急入院三回目ともなり、ベテラン婦長さんから、入院するなり、

「今回は何があってもおかしくないお母さんの状態ですよ」
と、告げられていた。その証拠に、前日まで「明子、明子」と、私の名を口にしていたのに、その日から自分の名も、私の名も忘れてしまっていた。（もうだめかもしれない）と思ったのには、婦長さんの言葉が強く残っていたからである。

私はすぐに、母の妹のK叔母さんに電話をし、すぐにタクシーで病院に駆けつけた。主治医の先生は夏休み中で、助手の先生が中心になって母の治療が行われていた。母の容体は血圧が下がり、危険な状況だった。

叔母達が十時半頃、病院へ来てくれた。母は、その日は何とか点滴で持ち直した。叔母達は十二時頃、私はそれから一時間ほどして、家に帰った。

八月二日の電話では、母はもうだめかもしれないと思う反面、主治医の先生が夏休みでいないので、律儀な母は「お世話になっている先生に黙って逝くはずがない」と、ちょっぴり希望を持っていた。私の予感は的中した。やはり母はがんばってくれた。しかし、私の方は、万が一のときの準備はしておかなければいけないと思い始めていた。

家に帰って二時半頃、菩提寺に電話した。お寺は六月に落慶式をやったばかりで、そのときいただいたパンフレットに、お葬式もお寺でできるようになったことが書いてあったからである。

私の電話に出てくれたのは、住職の奥様だった。

「私、横浜の小野です。実は母が亡くなったわけではないので、こんなお電話をするのは不謹慎だと思いますが、お寺でお葬式ができるのですか。その相談でお電話をしました。母はとても危ない状態です」

「不謹慎なことはありませんよ。お葬式はできます。あとは火葬場の問題だけだと思います。住職に聞いておきますので、万が一のことがあったら、すぐお寺の方へ電話してください」

と、心強い言葉をもらった。母には申し訳ないが、これから予想される不安が少しだけ減った。

その日は、三時頃にまた病院に行き、面会時間ぎりぎりの七時まで母の側にいた。八時頃に家に帰り、お寺に電話した。今度は方丈さんが出て、「小野さんは横浜市民なので、お金がかかるが、火葬場のことは、心配ない」と、教えてくれた。

八月五日の二回目の緊急電話は、一回目ほど切迫感はなかったが、すぐに仕度をして、一回目と同じようにK叔母さんに電話をした。誰も出ない。何回もかけている時間はないので、諦めてタクシーをお願いした。

戸じまりや火の始末を確認して、玄関を出た。ドアのカギをしめた後、K叔母さんから、「留守だったら、ダンナの携帯にかけて」と、名刺をもらっていたのを思い出した。タクシーを待っている玄関先で電話をかけると、すぐ叔父さんが出てくれた。私は病院から「なるべく早く来てほしい」という電話があったことを伝えた。十一時十七分だった。間もなくタクシーがきた。

二十分ほどで病院に着くと、六階の母の病室へ急いで向かった。エレベーター前のナースステーションにいる看護師さんに挨拶をすると、一様に心配そうな顔になった。私は急ぎ足で母の病室へ向かい、ドアを開けた。

そこには看護師さんが電話で言っていたように、きのうとは違った母の姿があった。呼吸は荒く、肩で息をしているようで、舌は紫色だった。その母の姿を見て、涙がこぼれた。

私はベッドの横の椅子に腰かけて、母のむくんだ手をさすりながら、耳元で、

「お母さん、もういいよ。大丈夫だから。四日間もがんばってくれたので、心の準備はできたから、もう静かにゆっくり呼吸して……」

と、思わず口にしてしまった。すると、母の呼吸が徐々に静かになっていった。空ろな母の目からも涙がこぼれた。

私の言葉が母の心に届いたのだと思った瞬間であった。母は入院中、たったひとり残していく娘のことを心配していたのだろう。私の大丈夫だからという言葉を聞いて、母は安心し、呼吸が静かになったのだと思った。

この時、病室には母と私の二人しかいなかった。これが母と私の最後の会話になってしまった。

やがて、先生方や看護師さん達が病室に入ってきた。あとは叔母達が間に合ってくれることを祈るばかりだった。

午後の一時を過ぎていただろうか、I叔母さんとK叔母さん夫妻が病室へ飛び込んできた。駐車場まで行っていると間に合わなくなるのではと思って、病棟前で降ろしてもらったという。K叔母さんが身を乗り出して、

「おねえちゃん！」

と、母に向かって大きな声で呼びかけてくれた。私は後ろに下がり、I叔母さんに椅子に腰かけてもらった。I叔母さんが母の手をにぎると、母は口を動かした。

「今、〝ありがとう〟と言ったよ」

と、I叔母さんが振り向いて私に言った。声にはならなかったようだが、何回かくり返したという。母はきっと、妹達を待っていたのだろう。妹達にはいつも厳しい姉だったのに……。

その直後、母の体に取り付けられていた計器の表示が全て、〝0〟になった。終わりかと思ったその時だった。車を駐車場に入れていたため、ひとり遅れて従弟のY君が病室に入ってきた。すると、全て〝0〟を示していた計器の数値が一カ所だけ〝30〟となった。叔母達を乗せてきてくれたY君への感謝の気持ちの表れなのか。これが〝お別れ〟の印なのか。Y君が母を見舞った直後、全ての数値が再び〝0〟になった。主治医の先生が脈を取り、母の死が確認された。一時三十七分だった。八十九歳の生涯だった。

母の場合は個室だったため、霊安室でなく、そのまま病室で看護師さん達が身仕度を整えてくれるという。私達は一旦病室を出て、同じ階にあるテーブルコーナーで待つことになった。

悲しんでいる暇はなかった。すぐにコーナーにある電話で、菩提寺に母が亡くなったことを知らせた。方丈さんと相談の上、病院の業者に家まで母を運んでもらうことに決めた。その後のことは家に着いてから、お寺にもう一度電話するように言われた。次に、今まで連絡していなかった父方の叔母や母方の叔父などにも母が亡くなったことを知らせた。お見舞いなどで迷惑をかけたくないという母の希望で連絡していなかったので、謝罪から始まり説明に時間がかかった。

母の身仕度が終わったと看護師さんがテーブルコーナーに知らせに来てくれた。私たちは再び母の眠る病室に入った。

身仕度が終わった母の姿を見て、私たちはびっくりした。薄化粧をし、歯を入れてもらった母の顔はとても美しかった。

K叔母さんが、

「お姉ちゃん、二十歳若くなったね」

と、母に話しかけた。

私もK叔母さんのその言葉で、

「きっと六十七歳で亡くなった父が天国で待っているので、八十九歳の母も二十歳ぐらい若くなって、父の歳に合わせたのではないかしら」

と、言ってしまった。大好きだった父に会いたいという母の気持ちが伝わってきて、悲しいときなのに、みんなで声を上げて笑ってしまった。泣き笑いの涙だった。

母が夫である私の父を「大好きだった」と言い切るのには理由《わけ》がある。

私の母と父は結婚当初、父方の祖父、両親、弟妹といっしょの家で生活していた。父の家は、父が旧制中学三年のときに財産を失った。父の母親、私にとって祖母は、それを嘆いて、財産があったら、私の母のような嫁はもらわなかったという思いがあった。プライドの高い人であった。結婚して二年もたたないうちに、私の母は嫁として失格の烙印を押されたのであろう。

父は両親から、「家を取るか、嫁を取るか」と迫られた。

「貴女のお父さんは、私を選んだのよ」

と嬉しそうに母は私にその話をした。家を追い出された二人は一合の米も持たされず、母方の親類の家に世話になり、新しい生活を始めた。私は、その新生活の中で昭和二十三年七月に生まれたのである。

母は家を捨て、自分を選んでくれた私の父に、生涯忘れられない喜びを感じたはずである。私も父の行動が嬉しくて、改めて尊敬の念を抱いたものである。

父は昭和六十三年に胃がんがもとで亡くなった。それ以来、母は毎日、仏壇に朝昼晩と自分が食しているものと同じものを、ご先祖様と父の二膳分、供え続けた。それこそ、母の父への愛と感謝の証しだったのだろう。

母は病院のベッドで、「家に帰りたい」と言い続けていた。その母を車に乗せ、主治医の先生や看護師さんたちに見送られて、私たちは家に帰ってきた。午後三時半を過ぎていた。

葬儀は菩提寺で行うことに決めていたので、母の入院を心配して、私に声をかけてくださった隣近所の方々に、母とお別れをしてもらった。友引が入ったので二日間家に居ることができた。菩提寺へお通夜に出かけようとしているとき、母と対面してくれた近所の方々が玄関の前の道路の反対側に立っていた。予想だにしていなかったことだけに嬉しかった。小雨がパラついてきたので、傘もささない皆さんに申し訳ないので、早めに家を出発した。「ありがとうございました」と車の中からお礼の会釈をした。車は静かにゆっくりと菩提寺へ向かって走り出した。

今、思えば

母はもう家に帰れないとわかって、『人生を終わりにしよう』と考えたのではないかと思える節がある。

入院中の七月二十五日に、母は食べるものを口から全然受けつけず、点滴に頼らざるをえない状況になった。そのため、主治医の助手の先生から、「療養ベッドのある病院に転院する準備をすすめた方がいい」と言われた。私は病院のケースワーカーの先生と相談し、市内の二つの病院を紹介してもらうことになっていた。だが、その病院の入院費用は母がもらっている遺族年金だけでは足りない金額であった。しかも、三カ月で転院しなければならない。それが今の日本の医療制度である。

母を励ます意味もあって、私は、

「家に帰りたいんでしょ」

と、耳元で呼びかけると、母は、

「うん」

と、うなずく。すかさず、

「でもね、食べるものを口から食べてくれないと、家に帰れないんだって」

と囁《ささや》くと、

「わかっているよ」

と、体をゆすりながら声を震わせて、泣き顔になる。二度ばかり、母のそんな姿を見て、つらくなり、私は言い方を変えた。

「家に帰ろうね」

「うん」

という会話になった。

七月二十九日には、自分から、

「家に帰りたいよ」

と、言うようになり、水もほんの少しだが、口にするようになった。七月三十日には大好きな、

「サイダーが飲みたい」

と言い出し、私の方がびっくりした。母なりにがんばって、意識も少しはっきりしてきたように思えた。

その後、母は毎日、私に、

「まだ？」

と、尋ねてきた。何の質問かわからないまま、

「まだ」

と言うと、とても悲しい顔をした。きっと家に帰れるかを聞いていたのだと思う。意識がはっきりしてくる中で、逆に、もうだめだと悟ってしまったのかもしれない。とても勘のいい人だったから。自分の人生にもう幕を引こうと考えたのではないか。それが八月五日だった。

そして、七月二十日から八月五日の十七日間に、母は頼りない娘の私に別れの日の準備をさせていたのではないかと思う事象が三つあった。

一つ目はクーラーのこと。母は七月二十日、脱水症状があって内科に入院した。私はその診断から、母が退院して家に帰ってきたら、絶対クーラーが必要だと思った。今までは母に相談するといらないと言われていた。だからもう相談はしなかった。七月二十六日、

近所の電気屋さんに頼んでクーラーを入れてもらった。クーラーの嫌いな母が健在の間は使うことはなかったが、母が亡くなって、帰ってきたときに使用したドライアイスや来訪者のためには、真夏の暑い中、クーラーがあって大いに助かった。

二つ目は喪服のこと。お寺に電話した八月二日の夜、私は箪笥《たんす》から自分の夏の喪服を出してみた。何年も着ていないので、裏地がカビていた。それでも万が一のときには、これを着ようと思った。だが翌日の八月三日、病院に行く途中で、「洋品店」に寄ってみた。もう横浜の髙島屋に行く時間の余裕はない。喪服売り場に行ってみると、半額セールをやっていた。私にぴったりのサイズが見つかった。その品物は他のサイズが売れてしまい、一点になってしまったので、きのう半額にしたばかりだった。

衿は立ち衿で、袖は透かしになり、生地は横縞の織物で和風の雰囲気の物だった。ゆっくり探してもなかなか見つからないと思うほど気に入った。私は迷わず買った。どこも直す所はなく、すぐに持って帰ることができた。お葬式のときにそれを着用し、叔母達からも好評だった。私に恥をかかせないように、母が導いてくれたのではないかと思っている。

三つ目は家に帰りたがっていた母の葬儀の日が友引になって、丸二日間、家で過ごすことができたこと。八月五日の夜には方丈さんが車でわが家まで来てくれて、葬儀の相談を十時過ぎまで行うことができた。帰られた後は、料理の内容だとか品物選びで、母の死を考えている暇はなかった。翌日も納棺のため方丈さんや叔母達が来てくれた。叔母達と相談しながら品物を納めることができた。友引が入ったので、少し余裕を持って行えた。母に感謝である。

父と母の話を聞いた方丈さんは、母の戒名の中に、父の名「輝夫」の一文字〝輝〟という字を入れてつくってくださった。また、お通夜の晩は、私といっしょに母の妹にあたるE叔母さん夫妻が、一晩中お線香を絶やさないよう、見守ってくれた。父も母に対する皆さんの行為に感謝し、喜んで母を天国で迎えたに違いない。

母は最後まで自分の意思をつらぬき、私にお金の苦労をさせないために、慎重に準備をして、大好きな父の元へ向かった。母の見事な旅立ちだった。

向田さんを追いかけて

行く前からこんなに胸がワクワクするのも久しぶりである。大好きな向田邦子のエッセイ集、『女の人差し指』の中の、「人形町に江戸の名残《なごり》を訪ねて」に基づいたぶらり散策を思いついたからである。もちろん、食事をしたり、買い物も楽しみである。

ひとりで行くのはもったいないので、包丁を買いたいと言っていた母に、

「専門店があるから人形町に行かない」

と誘ってみたが、断られてしまった。

そこで、先輩のA先生に電話した。前から向田さんの本を読み、興味を持っていたということで、喜んで誘いを受けてくれた。

その日は、混雑が予想される水天宮の縁日と戌の日をさけ、六月七日に決めた。平成十三年のことである。

エッセイどおりに行動するために最寄り駅から電車を乗り継ぎ、A先生とは横浜駅で合流、水天宮前駅へ。

水天宮で今日の無事を祈って行動を開始した。歩き出して間もなく、道路の反対側に、

重盛永信堂が見えた。ゼイタク煎餅が有名だが、母のおみやげには柔らかくて食べやすい人形焼の詰め合わせを買った。

次に行った寿堂は年代を感じさせる店構えだった。長めののれんをくぐると、店内は肉桂《にっけい》の香りがただよっていた。店の人が一段高い所で商いをしていた。卵の黄身入り白あんで周りを肉桂入りの皮で焼いた黄金芋《こがねいも》を買った。私は黄身あんが大好きなので嬉しかった。店からは、細長い小さめのグラスに入れた、冷たいほうじ茶のサービスがあった。のどが渇いていたので、とても美味しかった。

三軒目に訪ねた〝玉英堂〟は寿堂と同じ並びにあった。ここでは甘酒を買った。ここまではエッセイどおりに進んだ。

このあたりで、時刻は十一時半になっていた。二人ともお腹がすいてきたので昼食にしようということになり、洋食屋の〝芳味亭〟を探した。

これには寿堂でもらった「人形町ショッピングマップ」が役に立った。カラー版で、建物もイラスト化されている。すぐに芳味亭は見つかった。

入口は引き戸になっていて、洋食屋さんというより和風的だった。入ってすぐのテーブルに二人ですわった。迷わず、肉入りコロッケとライスを注文した。前の席の男性二人が食べていたハンバーグも美味しそうだったが、今日は向田さんにこだわって諦めた。入口近くの席が好きだったという向田さん。もしかしたら、この席だったのではと思いながら、しっとりした肉入りコロッケを食べた。ケチャップだけで味付けした、シンプルなスパゲティが付いていた。ご飯は洋食屋さんが多く使用する平皿でなく、少し深めの皿に入ってきた。多めのご飯も残さず食べてしまった。

食事をしている間に、外は雨になっていた。支払いを済ませてから、ご主人に栗田美術館の場所を教えてもらった。だが、すぐに女店員さんから、

「あそこは確か、二年前に閉館になりましたよ」

「えっ！　本当。陶器だけの美術館と書いてあったので楽しみにしていたのに……」

教えてくれた女店員さんに挨拶をして、店を出た。

そこで、予定を変更して、母と約束した包丁を買う店、「うぶけや」を探した。うぶけやの名は「やわらかな産毛もそれる、抜ける、切れる」からきているという。そのうぶけやは、「人形町ショッピングマップ」からはずれた場所にあった。

店は予想どおり、古い構えであった。店に入ると品のいい女主人がすわっていて、私たちを笑顔で迎えてくれた。

早速、家庭用の包丁を見せてもらった。はじめは九千円代、次は一万三千円代のものだった。高い方はハガネ入りで店一番の人気商品だという。どっしりしていて、持ちやすかった。

母から二万円の予算をもらってきたので、余裕である。包丁に刻んである店名が小さくて上品だった。

うぶけやの店の全体像が見たくて、反対側の舗道に立ってみた。店はビルとビルの谷間に木造三階建てでがんばって立っていた。大きな一枚板の看板が存在感をより引き立たせていた。お客がひっきりなしに出入りしていたのにはびっくりした。専門店の強さ、老舗の力を感じた。

食事処として向田さんのエッセイに紹介されていた〝京樽〟にも行ってみた。店先をのぞいただけだが、次回は、すし懐石を食べたいと思った。

向田さんが「人形町へきて魚久へ寄らないのは片手落ち」と言っている本店へA先生を案内した。以前研修で、N小学校へ来たとき、昼食を食べて美味しかった覚えがある。一階の売店で、新発売だという金目鯛の京味噌漬を買った。

最後に喫茶去《きっさこ》「快生軒」に寄り、コーヒーにマーマレードトーストを食べた。ここから

「喫茶店」という言葉が広まったという。歴史を感じた。当時の〝快生軒〟はハイカラだったのだろう。

エッセイに出ていた岩井つづら店とばち英は見つけたが、亀清砂糖店と千代紙細工店、ちまきや、おせんべいの鶴屋は見つけられなかった。エッセイ出版から十九年だ。改めて年月を感じた。だが、向田さんが愛した人形町の散策をして、同じものを見たり味わったりできたことが嬉しかった。また、いつか行ってみたい街になった。

誤　診

今年は平成二十八年。今から十年前の出来事である。四月二十八日に行った整形外科でレントゲンを撮った後、医者の最初の言葉は、

「痛かったでしょ」

だった。その言葉に私がびっくりしていると、

「実は肋骨が四本折れていたんです。なんで見落としてしまったのだろう」

と、続いた。

私は、医者の言葉に愕然とした。今さら言われてもどうしようもない。痛かったので、何度も整形外科に行ったのに……。

骨折事件は十二月二十日、家の中で転んで、右胸を床に強打してしまったことに始まる。翌日、仕事を休んで近くの整形外科へ行った。レントゲンの結果、骨には異常がないと言われ、安心して家に帰ってきた。自分は人一倍、肉付きがいいから助かったんだと信じていた。

実は、少し前から左胸が痛むので、乳がんの検査に行かなければと思っていたが、行かずにいた。やはり心配事は年を越さないほうがよいと思い、十二月二十五日に外科を受診する。女医さんには二十日の右胸打撲のことも話をして、検査を受けた。エコー検査のあと、痛みが増したような気がしたが、その日は整形外科の担当医は休みだったので、そのまま家に帰った。二日間ぐらい、痛みはひどかったが、暮れの忙しさもあり一月四日の正月明けに整形外科の担当医のもとを訪ねた。エコー検査の後の痛みがひどくなったことも話をしたのだが、同じ痛み止めと湿布薬が出されただけだった。

一月二十一日にも受診する。だが、担当医に、「以前より痛みは少なくなっているんだろう」と言われて、同じ薬をもらって帰ってきた。たしかに、少しずつは痛みは取れているし、自分もまわりの筋肉とかが痛むのだろうと思っていた。今回のレントゲンを撮ってみてかなりのショックだった。一本ならまだわかるが……。受付の人にも折れていたことを言ったら、返ってきた言葉は、「肋骨はよくあるんですよね」だった。レントゲン写真で見ると骨はもう付いていた。その場所は、たしかに四カ所だった。

私は最初、〝誤診〟だと思ったが、よく考えてみると、整形外科の担当医の取った行動は〝確信犯〟だったのではないかと思うようになった。なぜなら、肋骨の骨折は、見落としも多いという。専門医なら、一月二十一日のときには、気がついていたのではないか。レントゲンを撮り直したら、最初の診断の誤りを認めなければならない。医者としてのプライドが許せなかったのでは。一カ月も過ぎれば骨は付くし、それ以上、再診には来ないと判断したのだろう。これはもちろん全て私の推測だが……。

誤診とわかった日は篆刻《てんこく》の稽古の日であった。習いに来る人の中にお医者さんがいたので、事情を話して、一番聞きたいことを聞いてみた。それは、『もし最初から折れていたのがわかっていたら、どんな治療法があったのか』ということだった。そうしたら、返ってきた言葉は、「ない」だった。せいぜい、テーピングをするくらいで、静かに骨が付くのを待つだけだそうだ。それを聞いて、少し救われた。

友人たちに「肋骨が四本折れていた」と言うと、初めはびっくりして同情してくれるのだが、四カ月も痛みに耐えていたとわかると、理解できなくなってくるらしい。

篆刻の先生はというと、他の生徒さんにわざわざ私の肋骨の話をして、

「痛くなかったのかね」

と、くり返す。私もそばで聞いていて、

「痛かったから、一月に二回も病院へ行ったんですよ」

と、反論をくり返す。もうそのときは、悲劇は喜劇の話になっている。

あとで行った東京の病院の整形外科の医者まで、

「不満はあるかもしれないが、最初からわかっていても損も得もしませんでした」

と、強調するのである。

本当にそうだろうか。肋骨が四本も折れていたら、一カ月ぐらいの休暇は取れたかもしれない。自分だけでなく、周囲の人たちだって、きっと大事にしてくれたに違いない。

それにしても、一番許せないのは、肋骨が一本でなく、四本も折れていたことを見逃していたことである。

相　棒

私の相棒の彼女は、中学二年、三年のときの同級生である。私たちは団塊の世代で昭和二十三年生まれ、一クラス五十名から六十名いた時代である。そんな中で、お互い背も同じくらいで並ぶ列も近く、体型もぽっちゃり型、家庭環境もひとりっ子で大人しいタイプと、共通点も多く、自然と仲良くなった。当時の中学校は給食制ではなく、お弁当を持ってくるか、校内で販売するパンを求めるかで、好きな者同士で食べるようになっていて、いつもいっしょだった。

高校は二人とも都立高校へ進学したが、学校は違っていた。結びつきを続けられたのは年に一度行われるクラス会だった。最初の頃は輪番制の幹事でやっていたので、幹事をするときはいっしょに立候補した。

高校を卒業すると、彼女は都の職員になり、高校の事務職員として働き始めた。私は大学へ進学した。二人の仲が深まったのは、私が大学を卒業して、東京都の教員試験に合格し、区立中学校に勤務するようになってからである。事務方と教師の違いはあっても、学校勤務のため、共通の夏休み、春休み、冬休みがあった。二十代では、長い夏休みを利用して、十日間ぐらいの国内旅行を楽しんだ。

また、お互い三十代までに一生涯続けていく趣味を見つけた。彼女は和紙人形の制作に、私は篆刻というものにめぐり合う。お互いの展覧会には出かけて行って、その後で食事をした。一カ月に一回の〝うまいもの巡り〟を楽しんだ年もあった。

いつの日か、彼女も私も五十代で今の仕事をやめて、第二の人生を生きたいという思いが強くなっていった。

将来は同じマンションの一室を買って住み、彼女は和紙人形の教室を開き、私は、その和紙人形の作品に必ず使う印を刻ることを商売にするという夢だった。しかし、その夢は彼女が亡くなったことで消えてしまった。

五十二歳という若さだった。三年前に発病したがんがもとで転移し、逝ってしまったのである。十二月五日だった。同じ年の八月には、いつものように二人で二泊三日の京都旅行を楽しんでいたのに……。その旅行では、ある店の女主人から「姉妹ですか」と言われた。十三歳から約四十年のつき合いで、そこまで似てきたのかと思った。彼女の死で、私はＴＶの旅番組を何年も見ることができなかった。私的旅行も封印していた。

それが、平成二十八年の九月に、中学のクラス会で、京都に行こうということになった。実は昨年のクラス会で、担任の先生が亡くなっていたことがわかった。教師をやめて、実家の京都で代議士をしていたのである。お墓参りに行こうという話になったのだ。私はそのことを幹事からの手紙で知った。手紙にはクラス会のときの写真なども同封してあったので、お礼の手紙を送った。だが、その礼状には、「膝が痛いので参加できるかどうかわからない」と書いた。

ところが、一度も参加すると言った覚えはないのに、いつの間にか私は参加者の一人になっていた。「どうして」と思ったのだが、彼女が亡くなる年の九月にクラス会を京都でしようという計画を立てていたことを思い出した。私が自然に参加するようになったのは、みんなが、「彼女と私が毎年京都に旅行していたことを知っていた」ためか……。それ以上に、彼女自身が行きたがっているからではないかと思った。私はもう何も文句は言わず、彼女の写真を持って旅行に参加することにした。

先生のお墓参りのときも、自宅に伺ったときも写真を出して、彼女を見せた。生きていれば、永久幹事として、京都旅行を計画し、みんなを引率してきたはずなのだから。普段だって、料理担当は私で、美味しいお店を見つけたり、旅行の手配などは彼女がみんなしてくれて、そんな楽しい日々を送っていたことだろう。

毎年十一月の最後の土曜日は、一年に一度、彼女のお墓参りをすることにしている。赤が好きだったので、必ず赤い花の入ったものを買って供える。十三回忌まではYさん達事務仲間の人と、同じマンションで世話をしてくれたTさん、私も含めて十名ほどがいっしょに行っていたが、平成二十七年はYさんと私の二人で、お墓参りをした。

お墓参りのあとは、思い切り二人で彼女の悪口を言いながら食事をした。もちろん一番の悪口は、「なんであんなに早く逝ってしまったの」である。

Yさんも私も彼女が夢枕に出てきたことは一度もない。ある人に、そのことを話したら、「きっといつも貴女のそばにいるのよ」と、言われた。Yさんと私の本音のトークのときはいつも、彼女もいっしょに楽しんでいるに違いない。

彼女のお陰で、彼女を最後まで娘のように世話をしてくれた和紙人形の先生とも、TさんやYさんとも親しく話ができるようになっている。

相棒の彼女が残してくれた贈り物だと思っている。感謝である。

初めての体験

お墓参りは母が亡くなった平成二十三年から月に一度行くことにしている。日時は決めず、お天気のよい日に行く。

平成二十六年の五月二十四日の土曜日は朝から天気もよく、お墓参りに行くことにした。お墓参りの後は、生前母と二人で食事をしたハンバーグ専門店か、和食の店で昼食をとることに決めていた。四月のときは和食の店が満席だったので、お弁当を買って帰り、家で食べた。だから、今月はぜひ、その和食の店で食事をしたかった。土曜日でちょっと心配だったが、ひとりなのですぐにカウンター席に案内された。〝旬の寿し定食〟と食後には〝あんみつ〟を食べた。久しぶりに美味しい和食を食べて満足だった。

店を出ると、私はバスターミナルへ向かった。宝くじ売り場の前の道路を横切って、歩道に上がろうとした時だった。何かに足をとられて、前につんのめって転んだ。一瞬だった。

背中にはリュックを背おい、バッグを右肩から左に斜めがけにしていた。バランスが悪かったのか、右の肘から落ちたようだ。右の肘のあたりがすりむけていた。あとはどこにも傷はない。

だが、倒れた瞬間、左手で右肘の部分をさわった。

「カドがない。骨がない」

「やばい」

「やってしまった！」

その時点で、私は骨折を確信した。右手の肘の部分を左手で押さえながら、すぐに立ち上がった。まわりは見なかったが、誰も声をかけてこなかった。すぐに立ったので大丈夫だと思ったのかもしれない。

どうしたらいいか、一生懸命考えた。骨折をしているので病院に行く必要がある。しかし、土曜日の午後であったため病院は終わってしまっているに違いない。救急車を呼ぶのも恥ずかしいので、とりあえず、駅前の交番に行って相談してみようと思った。

交番には二人のおまわりさんがいた。

「すみません。今、道路で転んでしまい、骨折してしまったようなのですが」

と言うと、

「指、動かせる？」

「動くね」

「手を上げてみて？」

「上がるね」

「骨折は大丈夫じゃないの」

「いえ、だめだと思います。ここらへんではどこの病院に行ったらいいですか」

「総合病院だな」

「そこならカード持っています」

総合病院と言われて少し安心した。母が最後までお世話になった病院であり、私も整形外科などにかかったことがある。おまわりさんから、

「病院までは歩いてもたいしたことはないけど」

と、言われたが、

「いえ、歩くと意外に距離があります」

「救急車呼ぼうか？」

「駅前からタクシーで行ってみます。どうもありがとうございました」

すぐにタクシー乗り場に行って、病院へ向かった。土曜日の午後なので通常の診察は終わっていたが、救急病院でもあるので、一時間ほど待たされたが、当直の先生が診てくれた。

女医さんだった。転んだときの様子を説明すると、すぐにレントゲンを撮った。結果はおまわりさんの大丈夫だという診断ではなく、自分の判断が正しかった。骨折である。女医さんに月曜日に整形外科に行くように言われ、十時の予約を取ってくれた。手術になるかもしれないとのことだった。その日は、九十度に添え木をして、三角きんで腕を支えた。私は病院からタクシーで家に帰った。

お墓参りの後だったので、この程度のけがですんだと考えることにした。仏壇の両親の写真に報告した。母の言葉が聞こえてくるようだ。

「お前はドジなんだから、しっかり前を見て歩いていないからだよ」

と、叱る。その側で、心配している父の顔が浮かぶ。

実はお墓参りがすんだら、公募展の出品用の作品をつくろうと思っていたがそれも無理だ。完全に諦めなければならなくなった。篆刻の作品は、七センチの石に印泥をつけ、所定の場所に押さなければならない。篆刻仲間の友人に電話をして、肘を骨折した事情を先生と世話人に伝えてほしいとお願いした。

五月二十六日の月曜日に整形外科に行くと、やはり手術が必要だと言われた。金属のボルトを入れて骨をつける。そのため一週間程度の入院が必要とのことだった。

医師は予定を調べて五月二十八日に入院、二十九日に手術と決まった。診察を終えると、手術のための血液検査、胸のレントゲン、心電図、肺活量などの検査を行った。万が一のことを考えて、慎重な対応である。

翌日は入院準備で忙しかった。

五月二十八日に入院した。そのとたん血圧が上昇し、上は二百を超えたり、下は百を超えたりと変動が激しくなった。担当医と面接、その後、看護師さん、麻酔科の先生、薬局の薬剤師の先生が次から次へと病室を訪ねてきた。さらに、手術後は二週間ほど入浴ができないということもあって、初めて、自分の体を看護師さんに洗ってもらった。緊張感でただでさえ、ストレスに弱い私の血圧は上がりっぱなしであった。

五月二十九日、手術は予定どおり行われた。手術室までは自分の足で歩いて行った。麻酔科の先生の一言、

「マウスをつけます」

と言った言葉しか覚えていないので、自分の単純さにびっくりである。手術は一時間ほどで終了した。手術室から病室へ戻っても血圧が高かったので、降圧剤が使われた。すると今度は上が九十台になって、ちょっと先生方を心配させてしまった。

手術の翌日は血圧が下がった。早速、リハビリが始まった。リハビリの先生は若い女性だった。篆刻の話をすると、高校時代の美術の時間にやったことがあるというので、すぐ理解してくれた。早く刀を持ちたいので、リハビリはがんばりますと伝えた。目標を持っているので、リハビリの効果は大きかった。

六月三日に退院した。一週間ぶりのわが家は、ちょっとカビ臭かった。

翌日、篆刻の世話人から電話で、私が文字を書けば先生が印を押してくれるという話であった。私は自分で全てができなければ、今回の公募展は諦めるつもりだったので、どうしたら自分で作品ができるかを考えた。いつものように文字を書いてから七センチの石に印泥をつけて、左右同じ幅の空白ができるように押すのは無理である。長く重い物を持ち続けることはできない。そこで和紙を額の大きさより大きめに切って、だいたいの位置に印を押す。そして、印面の角に合わせて、額の大きさに紙を切る。その和紙に後から文字を書くようにした。

そうやってできた作品を六月九日に先生に見てもらった。ＯＫが出た。誰の力も借りず、出品することができた。誰が肘を骨折して、作品を完成することができると思っただろうか。

リハビリは八月まで続いた。リハビリの先生からも〝超良好〟と言われてほめられた。若い人は金属をぬく手術をする者が多いというが、私は血圧の心配もあり、手術はしないことにした。

今回のけがで初めての体験がいっぱいあった。何と言っても全身麻酔による手術で一週間の入院。麻酔が切れた後は、ひどい痛みと肘の部分に熱が出て、一晩、冷却剤で冷やし続けた。また、その日はベッドから起きられず、下の世話を全て看護師さんにしてもらった。男性のときはちょっと恥ずかしかったが、そんなことは言っていられなかった。将来、介護を受けるということは、こういうことだと実感した。

五月二十七日という日は貴重な日だった。空白の一日である。これからかかる高額医療費支払いの限度額の手続きを区役所へ届け出に行った。私の場合は五月から六月にかかるので、退院してからでは五月の分が認められないというのである。

保険会社にも連絡して書類を病院に送ってもらうようにした。初めて保険会社を利用するのである。新聞の配達も一週間ほど止めてもらった。近所の奥様たちにも一週間ほど入院のため家を留守にすることを告げた。

いろいろ準備はたいへんだったが、出会った人たちはみんな親切だった。交番のおまわりさん、当直の女医さん、整形外科の先生、看護師さんたち、リハビリの女性の先生等。退院する前にもシャンプーをしてもらった。すぐに髪を洗うのはたいへんだろうからという看護師さんの配慮である。

多くの人の世話になったが、今、金属入りの右手は力強く使っている。感謝である。ただ、歩道と車道の間に細い金属板があり、それに足がすべったとわかって、今は、道路上の金属の上は歩かないようにしている。雨の日もすべって転ぶことを恐れるようになった。それが私に残った今回の傷と言えるかもしれない。

七転八起

父や母が眠るお墓をお参りした後は、お寺に寄って、住職に挨拶をしてくる。お手伝いの人が出てくる場合もあるが、ほとんどが住職の奥様である。あの肘を骨折してしまった平成二十六年五月二十四日の日も、奥様と玄関先で暫し、お話をした。最近の体の具合や、社会の出来事などのお話をすることが多いが、その日は、私の方から、ある協会のことを話題にした。その協会は、家族のいない人の入院や施設入居の身元引き受けや、亡くなった後の葬儀や全ての後始末をしてくれるという公益法人である。そのための費用は、かなり高額になるが、私のような一人身の者には、安心料でもある。

入会理由として、奥様に、「明日の我が身に何が起こるかわからないので」と、何度もその言葉を口にしたことを覚えている。

入会したことを初めて話した叔母からは、「協会は信用できるの」、「わが家の近くに引っ越してくればいいのに」と、私のことを心配してくれていた。だが、迷惑はかけられない。だから私は、その協会に入ることにしたのである。

奥様と話をしているときに、協会の名刺を渡そうとしたが見つからなかった。「またいつか、もっと詳しくお話ししますね」と言って、私はお寺を離れた。

小田原駅から最寄り駅に着くと、駅前の食事処でランチを済ませ、バスターミナルに向かった。その途中の道路で転んで右肘を骨折してしまったのである。骨折は予想以上に重傷で金属を使って骨を繋ぎ止める手術が必要となり、入院することに。叔母が心配していたその協会に早速電話をし、入院の身元引き受け人になってもらったのである。

「明日の我が身に何が起こるかわからないので」と、住職の奥様に話をした日に、自らそのことを証明してしまったのだ。

ところが、その協会が新聞で大きく取り上げられる事態に陥ってしまった。平成二十八年二月二十七日のことである。

記事の見出しは、『預託金四割に減額も・〇〇協会、事業譲渡し解散へ』とあった。何も聞いていなかったので、突然の新聞報道にたいへんショックを受けた。

高齢者から葬式代などとして集めた多額の預託金約八億八千万円のうち、四割にあたる約四億八千万円の不足が生じたというのである。民事再生手続きに入り、その協会の事業が三月末で停止された。事業を引き継ぐ契約をした一般社団法人「Eの会」が一転して契約を辞退したため、協会は破産することになったと報じられた。それが三月二十四日の新聞記事である。

「Eの会」が引き受けてくれると私も一安心したところであったため、またショックを受けた。

その間の、三月十八日に内閣府は公益認定を取り消したのである。地方では公益法人ということで、市町村の役所がその協会の活動を紹介して、入会した人もいたという。私は学校生協の紹介パンフレットの中にあったのと、公益法人だから簡単にはつぶれないということを信用して入ったのだが……。説明会では、国の責任（内閣府）は問えないのかという質問も出たそうだ。国は違反したから公益法人を取り消すということで責任をのがれることができるのだ。公益法人という言葉を信用した自分が馬鹿だったとよくわかった。

「Eの会」については、最初から無理があった。当の協会は全国区。会員約二千六百人。Eの会は一地方の会で、会員約三百五十人。その協会の一割強。

一番の責任者は理事長なのだが、人間というのは、何億ものお金を手にすると、人のお金でも勝手に使いたくなるのかと思うと、情けなくなった。

平成二十八年十二月、管財人の弁護士から返金額の連絡があった。それ以上は請求しないという署名をした。これで、協会との関係は全て終了する。

ただ、その協会はつぶれたが、神奈川支部で働いていた職員のうちのお二人が新しい会を立ち上げた。私は入会するかどうか迷った。また騙されたらどうしよう。立ち直れなくなる。自分の将来を託するのである。いろいろ迷ったが、お二人の勇気と誠実さ、この仕事に対する前向きな姿勢を応援するためにも、今度は、人としての信頼関係を一番大事にして、平成二十八年六月二十八日、入会した。

それにしても、人生、七転八起である。今のところ〝起〟の方が勝っているのだが。

五月三十一日

五月三十一日は父が亡くなった日、月命日である。それは昭和六十三年のことであり、私は四十歳だった。今は、平成二十九年だから、三十年も前のことになる。だが、その日のことは、今も鮮明に覚えている。

あの日、私は午後から父が入院している近くの病院へ行った。その頃、父は危険な状態で、集中治療室に入っていた。母は泊まり込みで看病を続けていた。

私が見舞っているときである。ベッドを半分起こし、父は私と話をしていた。突然、

「先生、今日はとても体調がいいです」

と、大きな声で、父が入口にいた担当医を見つけて叫んだのである。私もすぐに入口近くを見た。入ろうとしていた先生が父の声で、すっとその場から立ち去ってしまったのである。その光景を見て、私は父のやせがまんの姿を見るのがつらくて、先生はその場から逃げたのではないかと推察した。その頃の父は、「もう危ない」と言われていて幻覚症状も出ていた。しかし、その夕方には先生からも、

「今日は体調がよさそうなので、家に帰ってもいいですよ」

と言われた。母にとっては久しぶりだったので、先生の指示に従って家に帰った。ゆっくりテレビを見ながら夕食を済ませた後、それぞれお風呂に入って、床に就くことができた。

日付が変わる頃、電話のベルが鳴りひびいた。受話器を取ると病院の看護師さんからだった。

「お父さんの容体が急変しました。すぐに病院へ来てください。非常口が開いていますので、そこから入ってください」

母と二人、急いで着がえをして、私の運転で病院に向かった。車を病院の玄関先に止め、非常口から父のいる集中治療室へ急いだ。父は、集中治療室の奥の部屋で、先生から心臓

に電気ショックを何回も受けているところだった。窓越しとはいえ、集中治療室の奥の部屋に入っているので、父の顔は全く見えなかった。二人で茫然とながめていた。まもなく、先生の手が止まった。それは父の死を告げるものだった。母と私に言葉はなかった。

先生から父の死を告げられ、看護師さんから、しばらく待つように言われても、二人とも頭を下げるだけだった。日中、あんなに元気だったのに、信じられなかった。

父に再会したのは病院の霊安室だった。私は呼ばれるまでに、病院内の公衆電話で叔父や職場の先輩のT先生に父の死を伝えた。父を家まで運んでもらうのは病院と契約している葬儀屋にお願いした。

翌日には叔父たちが家に来て、葬儀の手配をしてくれた。私も母も泣いている暇はなかった。ただ、友引が入ったので、父は一日多く家に居ることができた。父の葬儀はわが家で行われた。

あの日、父は母と私にお風呂に入れるためにがんばって、自分との別れの準備をさせたのではないか。頼りない女二人のために、友引を入れて、一日の余裕をもたせたのではないか。父の友人からは、

「お父さんらしいね。月が変わることをさけて、五月三十一日に逝ってしまうなんて」

とも言われた。

父の最期はあっけなかった。私はテレビドラマでよく見るシーンを考えていた。でも最後の父の姿は、口には酸素吸入器をくわえ、電気ショックを胸に受けている状況で、何も話せなかった。どんな顔で受けていたかも私たちには見ることができなかった。それもシャイな父にはふさわしかったのかもしれないが、私にとっては寂しかった。父が最後に言いたかったことは何だったのだろう。

父は五十五歳まで国鉄に勤め、駅勤務だった。しかし、国鉄赤字解消のため旅行なども企画されると、添乗員としても働いた。一月一日は、いつも勤めで家にはいなかった。

退職後は、駅の看板を扱う会社に再就職し、六十七歳で亡くなってしまった。父は働き続けだった。唯一、救われたのは、縁側のある一軒家を建てたいという父の希望がかなえられたことである。ぽかぽかとあたたかい縁側で椅子に腰掛けて、ガラス越しに庭をながめている父の姿が印象に残っている。庭には、母が実のなる木がいいと言ったので、父は、梅の木、レモンの木、ジャンボゆずの木、ブルーベリーの木などを買って植えた。庭の真ん中には畑をつくり、家庭菜園も楽しんだ。

父が亡くなった後は、母と二人で、春と秋のお彼岸と七月のお盆の時期にお墓参りをしていた。平成二十三年八月五日に母が亡くなり、今は、私一人で月に一度、日時は未定だが、お墓参りを続けている。

四月は六日の日にお墓参りをした。五月も同じ頃に行きたかったのだが、出かける日が多く、遅れに遅れてしまった。それならば、父の祥月命日に行こうと思い、五月三十一日になったのである。

その日、わが家を出て、バスに乗って最寄り駅に着くまでの間、すわって窓の外をながめながら、父の最後の日のことを思い出していた。三十年たっても涙が出てくる。テレビドラマで電気ショックの場面が出てくると、亡くなった直後はチャンネルを変えてしまった。今でもそういう場面は直視できない。

お墓参りを済ませ、小田原から最寄り駅に着くと、昼食の買い物をした。母の好きだった〝ちゃきん寿し〟入りの大阪寿しの詰め合わせ弁当を買った。バス停に行く途中では父の好きだったフライドチキンと母の好きだったポテトフライを買い求めた。

さらに行くと和菓子屋さんがある。父はそのお店でよく、あんこの団子と甘辛団子を買ってきてくれた。手作りなので、その日に食べないと固くなる。私が店の前を通るときは売り切れが多い。今日は両方ともウインドウに並んでいた。でもお団子はお供えをした後、私が食べなければならない（無理だ……）。一度は通り過ぎた。でもやはり買っていこうと思い直し、店に入った。

「あんこのお団子、二本でもいいですか」

「はい。結構です」

「いくらですか」

「二百円です」

サイフから二百円を出し、品物を受け取るときに、思わず言ってしまった。

「こちらのお店のお団子、父が好きだったものですから」

「ありがとうございます」

店の奥様の優しそうな笑顔が返ってきた。二本しか買わなくても、その真心がわかってくれたようで嬉しかった。本当は、甘辛団子の方も買ってあげたかったのだが……。さすがに、一本ずつくださいという勇気はなかったのだ。（ごめんね。父さん）

その日のお団子は嬉しいことに〝よもぎ〟入りだった。午前中でないと、よもぎ団子はなかなか買えない。午後一時近かったので残りはわずかだった。父もよもぎ入りの方が好きだった。

お供えした後、たっぷりあんこのかかったお団子二本、夕食を軽めにして食べた。団子の角がちょっと固くなっていたけど、久しぶりの味。

「美味しかったよ、お父さん」

初対面で丸裸？

四日前から右のこめかみの部分に静脈瘤のようにふくれた血管が円形に現れてきた。触ると「トク、トク」と脈を打っている。翌日にはそのふくらみは消えたが、次の日にはまた出てきた。何だろう。危険の予兆か。原因がわからず、不安はつのるばかりだった。場所が頭の近くなので、脳が原因ではないか。頭の中が原因なら、発作が起きたり、倒れたりすることが考えられる。もう病院に行くしかないと思った。

四日目は丁度、横浜へ出かける日であった。総合病院の一覧表を見ると、脳神経科は四時まで受けつけている。一年に一度、受診している先生が担当である。病院に行ったら何とかなると思った。

三時三十分頃、病院に着いて、受付の職員に状況を説明し、脳神経科の受診を申し出た。するど、その職員が脳神経科の先生に内線で相談してくれた。すると、

「先生が様子を診に、二階から降りてきてくれるので、待っていてください」

と言われた。しばらくすると、先生が二階から降りてきて、真っすぐ受付に行こうとしていた。

私は受付近くの長椅子に腰かけたまま手を上げて、

「先生！」

と声をかけた。先生は立ち止まり、私の所に来ると、私が示したひたいの血管の様子を手で触り、

「これはうちではないな」

と言って、受付へ行き、自分の内線用の携帯電話をつかって、一生懸命、相手に説明していた。電話が終わると、また、私がすわっている所まで来て、内科に行くように指示して戻っていった。私は、

「ありがとうございます」

と言うのが精一杯だった。

すぐに受付の職員に呼ばれ、

「内科へ行ってください」

と、ファイルを渡された。そのファイルには脳神経科の先生と内科の先生に連絡済みであることが記載されていた。

内科の受付に行ってファイルを出すと、看護師さんから、

「すぐに血圧を測ってください」

と言われた。早速、計器の前にすわり、測ると、上が二百を超え、下が百を超えていた。深呼吸してもう一度測り直したが、結果は変わらなかったので、そのまま提出した。

しばらくして、診察室に呼ばれた。中に入ると、五十前後のベテランの先生が待っていた。すぐに、こめかみの血管を診た先生は、

「考えられる原因はあれかな。とりあえず、時間がもったいないので血液検査とエコーの検査に行ってきて。血液検査の結果が出るのに、一時間かかるから」

と言われ、まずは血液検査。次にエコーの検査室へ行った。どちらも患者はもう誰もいなかった。しかし、係の先生方はいやな顔もせず、やってくれた。

とくに、エコーの検査は首の方から始まり、こめかみの血管まで、しっかり注意深くやっていた。若い検査技師の先生が途中でもう一人加わって行われた。内科に帰ったときには五時を過ぎていた。一時間近く、検査していたことになる。内科の先生が言われるように診察室には、すぐに呼ばれなかった。血液検査の結果が出るのを待っていたのだろう。

再び内科に呼ばれた。二つの検査結果は、とくに悪い所はなかったようだ。何も言われなかった。先生からは普段の血圧のことを聞かれた。家では二百を超えたことはない。でも以前から病院で測ったり、人間ドックではいつも高めに出ていた。父も祖母も血圧は高めだったので、自分も減塩や食事に注意していることを話した。

話が終わると、先生は私にベッドに横になるよう指示した。私がベッドに横になると、机の上のカルテに目を通し、私の体に聴診器を当てながら、問いかけてきた。

「六十歳まで仕事？」

「いえ、五十六歳でやめました」

「何の仕事？」

「教師です」

「小学校、中学校?」

「中学校です」

「親といっしょ?」

「いえ、ひとりです」

「兄弟は?」

「いません」

「ひとりで毎日何をやっているの?」

「食事をしたり……、あっ趣味をやっています」

「趣味って、何をしているの?」

「篆刻です」

「あー、石に刻るやつ?　判子のような」

「そうです。先生みたいに、篆刻といって、すぐにわかる人は少ないです」

「高校の頃、授業でやらされたことがあるから」

その間も先生は聴診器を当てながら、私の体を横に向けさせたりしていた。

「文字はどんなものを刻るの?」

「中国の言葉で四文字とか五文字」

漢詩ですなんて、とっさに言えなかった。

「それを篆書で刻るのね」

なかなか詳しい先生だと思った。

そんな会話の間に診察は終わり、ベッドから起きるように指示された。半分、起きた状態で、

「それを作品として、六センチ、七センチの石に刻ります」

と、続けた。

ベッドから完全に離れて、先生も私も椅子にすわると、質問はまだ続いた。

「中学って、教科制だよね。国語の先生？」

「いえ、社会です」

これで私の個人情報は、ほとんどわかってしまった。私はちょっと先生の質問攻撃にびっくりしていた。すると、

「実は、私の母親がちょっと書道をやっていて……。もうすぐやめると言っているけど」

と言われた。書道といってもどんな分野をやっているのか。所属は毎日系なのか、読売

系なのか。聞いてみたかったけど、そのときの私には余裕がなかった。

　診断の結果は、原因は血圧のせいではないかということだった。ただ、薬はまだ使用せず、しばらく家で、朝と就寝前の血圧を測って、ノートに記入するように指示された。

「血圧が高いと心臓に負担がかかっているかもしれないので、次回は心電図と血液検査をするから、二週間後の三月二十二日に来てください」

「この日は朝食は食べてこない方がいいのですね」

「その方がいいね」

「今日、これから篆刻が横浜であるのですが、行ってもいいですか」

「頭も痛くないのだろう」

「はい」

「大丈夫でしょう」

「どうもありがとうございました」

と、先生に御礼を言って診察室を出た。

もう通常の支払機などは作動していないため、内科の受付の職員が案内をしてくれた。

そこは救急外来の受付で、母もお世話になった所なので覚えていた。支払いを終えると、出口も救急患者が出入りする所だった。

外はもう真っ暗だった。六時を過ぎていた。病院に入ったときには雨が降っていたが、やんでいた。先生と話をしていたときには、篆刻の教室に行こうと思っていたのだが、少し歩いて、いつもの出入口の外にあるベンチに腰かけると、どっと疲れが出てきた。

入口があいたらトイレを借りようと思った。まだ、ドアはあいていた。トイレを済ませて、もう一度、外のベンチに腰かけ、篆刻の友人にメールを送った。「今日は休みます」とだけ伝えて、駅の方に向かった。

駅前の店でお弁当だけを買ってタクシーで家に帰ってきた。家ですぐ血圧を測ると、二百を超えていた血圧も百六十まで下がっていた。

今まで血圧の薬は一生ものなので、飲まなくてすむよう、食事や減塩に注意してきた。しかし、もう無理のようである。でも、今回の内科の先生だったら、信頼し安心して治療を受けようと思うようになっていた。

脳神経科の先生も本来なら患者の方が出向かなければならないのに、先生の方から受付まで来て診てくれた。そして、内科の先生を紹介してくれたようなものだ。お二人ともいい先生だと思った。

脳神経科の先生には、十一月か十二月にお世話になる。そのとき、しっかり御礼を言わなければと思っている。

内科の先生とはこれから長いおつき合いになる。いつか、先生のお母様のやっている書道について、

「漢字ですか、かなですか」

と聞いてみたい。そのときが楽しみである。

まちがいも堂々と

私には大きなミスをする癖がある。それも堂々と。

今回は平成二十八年の十一月のことである。私は〝篆刻〟の自分の作品集を出した。なかなか会えない人には郵送させていただいた。その本といっしょに同封したハガキの文章にミスがあったのだ。そのミスに気がついたのが、平成二十九年、今年の六月だった。

最近の朝日新聞には自分史の出版を促す記事が度々載っている。私も自分史には興味が

あって、いつかは本を出したいと思っている。その記事を見て、自分のミスに気がついたのだ。

「えっ！　またやってしまった」

と驚き焦ったのである。

そのミスとは、私は自分自身の考えで本を出版するのだから〝自主出版〟だと思っていた。だからハガキの文章の中に、堂々と「この度、自主出版しました」と挨拶していたのである。ところが、新聞には〝自費出版〟と書いてあった。一般的には自分でお金を出して本を創るのであるから、自費出版の方が正しいのであろう。今まで、全く間違いであると思ったこともなかった。耳だけで聞いていて、〝じひしゅっぱん〟も〝じしゅしゅっぱん〟も似ているので、気がつかなかったのかもしれない。

耳で聞いているだけで間違えた経験は、小学校の頃にもある。昭和十年頃、「野崎小唄」という歌が大ヒットした。古い歌をどうして覚えたのかわからないが、その歌い出しに、「のざきまいりは……」という部分がある。それを私は堂々と、大きな声で、「のぞきまいりは……」と歌った。父や母だけがいたのか、他の人もいたのか覚えていないが、まわりが「あっ」と驚いて、一瞬、息が止まったような雰囲気になった。もしかしたら、父や母たちが一番、恥ずかしい思いをしたのかもしれない。そのときは父が、野崎という字を書いて、間違いを教えてくれた。耳だけで聞いたミスであった。

また、漢字も最初に間違えて覚えてしまったものは、正すのに時間がかかる。完璧に直ったという自信のない字が今もある。それは〝拝啓〟という手紙の書き出しの言葉である。いつから間違えて覚えてしまったのかわからない。それくらい長い間のミスである。私は、〝拝啓〟を〝拝哲〟と書いていた。あわてて書くと、今でも間違えることがある。だから手紙を送る前には必ず電子辞書で字を確かめてから出すようにしている。

もう一字あった。七月二十二日は私の誕生日なのだが、この字もあわてて書くと、〝誕生日〟と書いているときがある。いくつも固定的なミスを持った人間である。

しかも、時間がたった後に、今回のように、必ず気がつくところが困るのである。気がついた途端、血圧が上がり、汗がどっと出てくる。〝不惑の年〟はもうとっくに過ぎているのに、お恥ずかしい次第である。

会いたい人

今、私が一番会ってみたい人、その人の名は〝Ｉテツヲ君〟である。なぜテツヲ君とカタカナで示したかというと、わからないからである。Ｉ君のお母さんが「テッちゃん」と呼んでいたと記憶に残っている。でも、「テッちゃん」だからといって、テツヲ君とは限らない。テツサブロウ君かもしれない。漢字なのかも、もちろん不明である。

私の記憶の中に半世紀以上たっている現在でも忘れていない一枚の写真がある。それはＩ君の自転車の後ろに私が乗っている写真である。そのとき、二人で天ぷら屋さんに買い物に行った時のことが陰影に富んだ映像の断片としても残っている。

最近、テレビでも「あの人は今、どうしているか」などと、芸能人の思い出の人を捜す番組がある。私もふとあの写真のＩ君は、今どうしているのだろうと思ったのである。会えたら、会ってみたいと思ったのである。

そこで、まず、私の記憶に残っている写真は実際にあるのか、確かめるために、古いアルバムを引っぱり出した。Ｉ君とは、たぶん小学校の同級生だったと思い、小学校時代のアルバムから見ることにした。

すると、それらしき写真が二枚でてきた。昭和三十二年と書いてある。一枚は私の記憶の中にある写真と同じで、私がI君の自転車の後ろに乗っているものだった。もう一枚は、シーソーに二人で腰かけている写真だ。同じ状況で父が撮ってくれた写真だと思うが、シーソーの方は、全く覚えていなかった。

さらに小さな写真だが、昭和三十三年十月の運動会で、私の母とI君のお母さんが見学席で食事をとっている所のものだった。その写真の中に、私たち二人は写っていなかった。この写真も私の記憶の中には全くなかった。

ただ、今回の発見で、自転車の写真はI君の家の玄関先で撮られたものと思っていたが、違っていることがわかった。当時、わが家は国鉄の官舎に入居していて四階建ての三階に住んでいた。一棟二十四世帯、二棟建っていた。私たちの住んでいる棟の前は、小さな公園になっていて、ブランコやシーソー、砂場などがあり、そのまわりには各々の家庭で花壇が作られていた。公園の角《すみ》には井戸もあった。二枚の写真は、その公園で撮られたものだった。

ということは、まずはI君と彼のお母さんがわが家に遊びに来られた。さらに推測すると、写真は私の父が撮ってくれたものではないかと思う。母とI君のお母さんが昼食の準備をしてくれている間、私たちは公園で遊んでいた。昼食は〝ちらし寿し〟ではないか。母が得意としていたし、人数が多くても大丈夫だからである。これは、私の全くの想像である。

I君とは小学校の同級生だったことは間違いない。ただ、その後の写真は見つからなかった。卒業アルバムにも名前も写真もなかった。私たちは昭和三十年四月に小学校入学なので、写真の頃は小学校三年生である。

当時の小学校は、保護者会はもちろんだが、遠足までも保護者参加を奨励した。母もよく行事に参加してくれた。そうした中で、保護者同士が子ども達の仲と関係なく、親しくなっていった。そのお一人に、『おでんにはのり巻き』の文章に登場したI君のお母さんがいた。お互いの家にまで、遊びに行くような仲になっていても不思議なことではない。

写真に写っている日が、交流する日だったのではないか。昼食を食べた後、I君親子と私たち親子四人で、I君の家に行った。なぜ行ったかわからないが、I君のお母さんから母が何か譲ってもらうものがあったのかもしれない。私はI君の家の中に入った記憶はない。I君とちょっと歳の離れたお姉さんに会った覚えはある。この先も私の推理だが、四人で玄関先に着くと、I君はお母さんから、

「夕飯のおかずの天ぷらを買ってきて」

と言われ、お金を渡された。

「明子ちゃんも、いっしょにどおう」

と言われたが、私がちょっとためらっていると、母が、

「行ってくれば」

と後押しをした。そこで私はI君の自転車の後ろに乗って出発した。あの公園で撮った写真を長い間、I君の家の玄関前だと思っていた理由は、そこにあると気がついた。

私とI君の体型を比較すると、私はちょっと太りぎみ、I君はやせ型である。写真を見れば一目瞭然である。実は、そのことで、事件が起こるのである。

I君の家を出て、真っすぐ道路を行くと、左側に広い坂道が出てくる。その坂道を下っていった所に天ぷら屋さんがある。行きは私が少々重くても自転車は快調であった。

天ぷら屋さんは小さなお店で、窓口は高く半分は揚げたものを並べるケースになっていた。中には、四十代半ばのちょっと小太りの女性がひとりで働いていた。I君は、お母さんから頼まれた精進揚げを注文する。そして、さらに、

「おばさん、さつまいもの天ぷらサービスね。今日は二つだよ」

と言って、私の分までおばさんに要求した。おばさんは窓越しに私の方をちらりと見て、と言って、すぐにさつまいもの天ぷらを揚げてくれた。そして、それをそれぞれ小さな新聞紙に挟《はさ》んでI君に渡した。その一つをI君は無言で私にくれた。私は天ぷら屋のおばさんに会釈ぐらいはしたと信じたいが、声を出してお礼を言えたとは思えない。

「わかったよ」

その時の私は、おばさんに天ぷらのサービスを要求できるI君にびっくりしていた。お店の人におまけしてもらったりすることは、とても勇気のいることで、私にはありえないことだった。でも、とにかく、さつまいもの天ぷらは、他の精進揚げができるまで二人並んで店先でいただいた。揚げたてなので、美味しかったには違いないが、味も印象には残っていない。

精進揚げの入った袋を自転車のハンドルに引っかけて、私たちは再び自転車に乗って出発した。今度は行きに快調だった坂道を上《のぼ》らなければならない。しかも、やせているI君にとってかなり重い私を後ろに乗せてである。私たちは二人乗りで、その坂道を上った。

坂を半分ぐらい上った所で、下から真っすぐ走ってきた小型トラックの運転手が窓から顔をつき出すようにしながら、

「このばかやろう！　危ないじゃないか」

と、怒鳴ったのである。I君は自転車を止め、二人とも自転車を降り、下を向いたまま、立ち尽くしていた。そして、小型トラックが見えなくなるのを待った。

運転手に怒鳴られたときは、私にはその理由がわからなかった。あとから気がついたのだが、重い私を乗せていたので、I君は坂道を真っすぐ上るのではなく、大きく左右に斜めに上っていったのである。少しでも負担を軽くするための苦肉の策《さく》だったのだ。

私のせいでI君が怒鳴られてしまった。やはり重かったんだ。でも、その後、私は自転車を降りたのか、また乗っていったのか覚えていない。乗っていったような気がする。

家に着くと、I君はお母さんに、

「はい！」

と言って、天ぷらの包みとおつりを渡した。さつまいものことも坂道でのこともその時は報告しなかった。私は家の中には入らず、玄関で母が出てくるのを待っていた。わが家に二人で帰った時には、夕食の仕度の時間になっていた。母はすぐに台所に入り、私はその母の側を離れずに、しゃべり続けた。I君が天ぷら屋のおばさんにさつまいもの揚げたのをサービスしてもらって、私の分まで言ってくれて、二人で食べてきたことと、坂道で運転手に怒鳴られたことを夢中で話をした。どちらも驚きとして話をしたのである。

「I君って、すごいね」

それが、私の感想だった。

その後、I君は転校していった。その時、さつまいもの件や自転車の運転の件から、絶対I君は将来社長さんになると確信した。自分と同い年なのに、いろいろな面で先をいっているI君に感動していたのだろう。

今、考えればI君はイケメンタイプ。でも当時の私には好きになるという感情より、〝すごい、こういう人がいるんだ〟という、驚きの方が勝っていた。

思い出というものは、中学校のクラス会などで話をすると、同じ空間にいたはずなのにみんな覚えていることが違う。I君も、もしかしたら私ほど、あの日のことが印象に残ってはいないかもしれない。ただ、二枚の写真を見れば、あの日の一部でも思い出せるのではないかと思う。その時、もしかしたら、わが家に遊びに来た日と、天ぷら屋事件が違う日だったという〝新事実〟が出てくるかもしれない。

小学校四年生以降のI君がどんな道を歩んでいったのか。イケメンのI君もお元気ならば、今年六十九歳になる。その後の情報は全く入っていない。お会いしなければわからないことばかりである。お互いの第一声は何だろうか。想像するだけで楽しい。
もっと母に当時のことを聞いておけばよかった。

小さな庭

わが家には十坪ほどの庭がある。家を建てる計画の中に、私の提案で、その真ん中に野菜づくり用の場所を確保することが決まっていた。また、塀にそった場所には、母の希望で、実のなる木が植えられた。代表的なのがブルーベリーの木やジャンボゆずの木、梅の木などである。

わが家は昭和五十二年十一月に完成した。

二階建ての家は、一階が純和室で八畳間を二つ並べ、縁側を作った。縁側のある家は父の希望である。床の間のある八畳間の障子は四枚、雪見窓になっている。縁側のハリの横柱は松の木が使われた。

野菜をつくり、必要なときに、庭から取ってきて新鮮なものを食べる。そんな夢を実現したかった。初めは、きゅうり、なす、大根などを毎年植えて楽しんだ。最初の年には、野菜畑の周囲に、えだ豆を植えた。ビールのお供にもってこいである。大学時代の友人が新居を訪ねて来たとき、そのえだ豆を茹でて食べた。今でも会う度に、

「あのときのえだ豆、美味しかった」

と、しみじみ言うのである。ご馳走した方はあまりその味を覚えていない。ただ言えることは、やはり自分達で作った野菜は新鮮で、スーパーで買ってきたものと比べると驚くほど日持ちがした。時には、収穫を忘れたきゅうりが、えらく大きく伸びすぎて、びっくりしたこともある。

中学の社会科を教えていた私には、野菜づくりも教材になった。大根づくりでは、真っすぐ伸びず、先が二股になってしまうことがあった。その理由《わけ》を生徒に問うと、ほとんどわからなかった。私自身も自分で作って初めて理解できたのだが、大切なのは種をまく前に、土の掘り起こしを十分に深くしておくことだった。そうしないと硬い土の層にぶつかってそこを根が突破できないと、曲がったり、二股に分かれてしまうのである。実際の栽培の話になると、生徒もよく聞いてくれた。

そんな野菜づくりが毎年行われていたが、父が体調を崩した昭和六十二年ぐらいになる

と中断された。野菜畑の雑草は、母がしっかり取ってくれていた。昭和六十三年に父が亡くなり、その二年後ぐらいから、また少しずつ野菜の種をまくようになった。

母が体調を崩す平成二十二年の前年には、何種類ものミニトマトを育てた。道行く人からは、

「がんばってますね」

と言われ、母と二人でその味を楽しんだ。

母は毎日、午前中に庭に出て、雑草を取り、芝を刈っていた。そのお陰で、足腰は丈夫だった。

「木々は、あまり背を高くしないように」

というのが口癖だった。先端の枝が伸びてくると、すぐ切らされた。背が高くなると、自分で切り取ることができなくなるからである。だから、母は一度も植木屋さんに頼むことなく、自分の手で庭や木々の手入れをしていた。

その母も平成二十三年に亡くなった。それから、わが家の庭の悲劇が始まるのである。

わが家の働き手は私一人になり、どうしても庭の手入れは後回しになる。そうすると、雑

草が生い茂るようになる。深く根を張った雑草を両手で引っぱったとき、私の胸からにぶい音がした。もちろん雑草の方はびくともしなかった。

整形外科に行って診察してもらったら、

「あー、これは骨折ですね」

と、医者からレントゲン写真を撮らずして診断されてしまった。

母が亡くなって二年目にして、私は専門家の植木屋さんに頼むことにする。野菜畑だった所も、そのまわりも草ぼうぼうで、手におえなくなっていた。三日間で、約十万円かかった。改めて、母の仕事ぶりを見直し、その後、二年連続してお願いした。

「何やっているのよ。毎日少しずつやればいいのに……」

と、言っているような気がして、私はいつも心の中で、

（ごめんね。母さん。怒っているだろうな）

と思っている。

ただ、今年も前の年も、植木屋さんに頼んでいない。自分でがんばって、十万円の出費を少しでも減らしたいと思ったからである。母にもほめてもらいたいが、私は庭の手入れ

を、毎日やっていない。しかも天候にも左右される。雨の日はもちろん中止である。曇りの日であまり暑くない午前中に決めている。夏の時期は、とくに熱中症に気をつけて、ほとんど諦めていた。雑草が生い茂るより、体の方が大事と自分で理由を見つけて……。

草取りをやる日は、まずお風呂をわかしておく。午前中二時間ぐらいがんばって、わが家のまわりの草取りだけで四十五リットル用のビニール袋、二袋いっぱいになる。正面の庭の草取りは、また別の日になる。

母のように毎日やらないので、次にやるときでも、草の量は同じになる。それだけ働くと、私は汗びっしょりになり、すぐにお風呂に入って上から下まで着がえをする。その後《あと》、洗濯が始まる。わが家は零細企業である。人様に迷惑をかけない最低限の庭の管理で、母の許しをこうのである。

今は、庭の真ん中の野菜づくりはしていない。雑草がはえない黒いシートを敷いている。シートのない所にはすぐ雑草が伸びてくる。枯葉剤は買ってはあるが、まだ自分自身には抵抗がある。それは、安全面で心配だからである。

今年、レモンの木とジャンボゆずの木は枯れてしまった。レモンの木は、母がいるときに一度は木を切ったのだが、そこから新しい芽が出て育ったのだ。しかし、花は咲けども実はならなかった。ジャンボゆずの方は毎年実がなり、お風呂に入れて楽しんだ。枯れる前の年は十数個、実があり、玄関に飾ったり床の間にも飾った。お墓にも持っていって供えた。最後のがんばりだったようだ。

ブルーベリーの木は、手入れをしないのに毎年、実がなる。母が生きていた頃はジャムを作ったが、今は毎日少しずつ取って仏壇に供え、それを後で私が食べている。今年はそこに、〝スズメバチ〟が蜜を求めて、襲来してきた。近くに巣があるのではと思ったが、見つからなかった。四、五匹は一度に来るので恐かった。母はハチを取る名人だったがあみで捕まえるので、慣れない私には難しかった。三匹しか捕まえられなかった。

梅の木には実がなり、昨年は氷砂糖につけ込んだ。冷たい水で薄めて飲んだ。とても美味しかった。ところが、今年はうっかりして実が黄色くなるまで取らなかったため、ハチミツだけ入れてジャムを作った。失敗の結果だったが、朝のトーストにつけて食べると、予想以上の美味しさだった。手間暇のことを考えると、ジャムの方が良さそうだ。

三十余年間のわが家の庭を考えると、残念ながら一度も雪見窓を通して見るような庭にはならなかった。

でも、庭を通して、いつも母と会話をしている。

「みっともないよ」

「塀からはみ出した枝は切りなさいよ」

それが、私の庭の手入れの目安である。

あとがき

何年も書き溜めておいたもので、書いた時代も様々です。でも、こうして作品としてまとめてみると改めて、いろいろな人への感謝の念が湧いてきました。

祖母・父や母への感謝、出会った生徒達・人達への感謝、苦しいときに助けてくださった人達への感謝、出版のために援助してくださった人達への感謝……（両親からは、「お前、私達のこと何でも書きすぎだよ」と、最後のお叱りを受けているかもしれません）。

みなさまのお陰で、感謝の心が一杯つまった本ができました。ありがとうございました。この本がみなさまの心に触れ、少しでも何かを感じていただけたら、幸いです。

二〇一九年四月

小野　明子

著者プロフィール

小野 明子（おの あきこ）

1948年、神奈川県生まれ。
四歳のときに東京へ。
長年、東京都公立中学校で勤務。
現在、神奈川県在住。趣味は篆刻（てんこく）。

コマンタレブーの道

2019年6月15日　初版第1刷発行

著　者　小野 明子
発行者　瓜谷 綱延
発行所　株式会社文芸社
〒160-0022　東京都新宿区新宿1－10－1
電話　03-5369-3060（代表）
03-5369-2299（販売）

印刷所　株式会社フクイン

ISBN978-4-286-20601-1